우아한 집념執念

이병주 소설

우아한 집념執念

이병주 지음

거년去年의 곡曲

거년去年의 곡曲

청평에 인조호人造湖가 있다.

청평댐, 또는 청평호라고 불린다.

웅장한 규모는 말할 나위도 없고 그 아름다움은 실로 절승絶勝에 가깝다. 몇 10만 킬로와트를 발전할 수 있는 전력원으로서의 뜻은, 인간의 힘으로써 이러한 절승을 만들어 놓았다는 의미에 견주면 아무것도 아니다. 인간의 승리는 그가 창조한 미美로써만 비로소 완성되는 것이다.

옛날엔 첩첩한 산들의 단조로운 더미였을 뿐이다. 이른바 양장지굴곡羊腸之屈曲이랄 수 있는 골짜기엔 그 광협에 따라 노인의 얼굴에 생겨진 주름을 방불케 하는 논두렁 밭두렁으로 금 지어진 전답이 있었고, 이곳저곳의 두메엔 가끔 기와집도 끼어 있었겠지만, 거의가 회색의 초가로 덮인 취락들이 있었을 것이었다.

물론 거기엔 아기자기한 생生의 보람도, 다소곳한 애환에 겨운 정서도 없진 않았다. 그러나 그 모두는 비록 향수로서 안타깝고 추억으로선 아쉬울망정, 현실을 사는 인간의 눈앞엔 쇠잔한 풍경이었을 것은 틀림이 없다.

그런데 지금, 그 단조로웠던 산과 산은 허리를 창창만만蒼蒼滿滿한 물속에 담그고, 수만 수천 년의 과거가 스며 있는 생의 흔적을 아득한 수심 밑으로 묻어 버려, 바야흐로 청평의 골짜기엔 신비가 괴어들기 시작하고 있는 것이다.

첫째, 송백松柏을 비롯한 상록, 또는 낙엽의 수목들이 그 푸름에 윤택을 달리했다. 기암과 괴석이 예술품으로서의 품위를 주장하게 되었다. 철따라 피는 꽃들이 각기의 멜로디를 갖추었다. 새소리, 벌레소리에 그림 같은 무늬가 새겨졌다. 천상의 별들이 영롱한 거울을 이곳에 발견하곤 한결 그 광휘를 더했다.

그리고 물! 도대체 어디에 이처럼 거창한 수량이 잉태되어 있었단 말인가. 가물 땐 개울 바닥의 돌멩이가 노출되기도 하여 끊어질 듯 말 듯한 가느다란 흐름이었던 것이, 그것이 몇 개의 실줄처럼 얽히고 설켰던 것이 바로 그런 것이 모여 이런 엄청난 대해가 될 수 있었단 말인가! 한데 물은 그 부피와 깊이와 너비로 해서 만고의 침묵을 노래할 수가 있다. 물 밑으로 잠긴 수천 년 인생의 흔적이 창창만만한 호수의 파도자락을 타고 드디어 신화로서의 소생을 노래하게 되는 것이다.

그러기에 청평호는 인생의 행복에 밀도를 더하기도 하고, 인생의 우수를 더욱 짙게 물들이기도 하는 경승景勝의 의미와 더불어 때론 비극을 가능케 하는 마적魔的인 작용을 하게도 되는 것인지 모른다.

197×년 늦은 여름의 어느 날.

청평호에서 한 척의 보트가 전복된 사고가 있었다. 그 보트는 다른 보트 군群과는 멀리 떨어진 호젓한 곳에서 전복되었기 때문에 신속하게 구조의 손을 쓸 겨를이 없었다.

보트엔 한 쌍의 젊은 남녀가 타고 있었는데 남자는 죽고 여자만 살아남았다. 남자는 전혀 수영의 소양이 없었던 모양이었고 여자는 다소 수영술을 익히고 있었던 모양이다. 그 차이가 생사의 분기점이 된 셈이다.

죽은 남자의 이름은 현실제玄實濟. S대 법과대학 4학년 재학 중, 23세. 작년도 고등고시 사법과에 합격하고 있었다. 본적지는 K도 H군. 아버지는 본적지 인근에 있는 국민학교의 교장이었다.

살아남은 여자의 이름은 진옥희秦玉姬, 22세. 역시 S대 법과대학의 4학년이었다. 본적지는 J도 S군. 아버지는 본적지에서 양조업을 하는 사람이다.

학우들의 말에 의하면 둘 다 드물게 보는 수재였다고 한다. 진옥희의 학업성적은 4년간을 통해 수석이었다는 것이며, 현실제의 성적도 2, 3위 아래로 떨어져 본 적이 없다고 했다. 이를테면 수재와 재원才媛의 어울리는 한 커플이었다.

현실제의 시체를 해부해 본 결과 익사 이외의 사인은 발견되지 않았다. 우연한 참변, 단순한 사고라고 할 밖에 없었다. 한 가지 미묘한 점이 있다면 현실제와 R재벌의 딸과의 사이에 최근 혼담이 진행되고 있었다는 사실이다.

그러나 혼담이 진행되고 있었다고 해서 4년 동안이나 친하게 지낸 여학생과 보트 놀이를 하지 말란 법도 없고, 그런 이유로 해서 진옥희가 고의로 사고를 일으켰을지 모른다고 추측하는 것도 지나친 노릇이다. 하지만 경찰은 신중을 기하기 위해 일건서류—件書類와 함께 진옥희를 불구속으로 검찰청에 송치했다.

사건은 허문수許文洙 검사의 담당으로 되었다. 허문수는 5년 전에 S대의 법과대학을 졸업한 젊은 검사이다.

허 검사는 경찰로부터 넘어온 서류를 면밀하게 검토해 보았다. 진옥희에게 범의犯意가 있었다고 추측할 수 있는 근거라곤 없었다. 설혹 진옥희에게 범의가 있었다는 심증을 가졌다고 해도 그 현장을 목격한 사람이 하나도 없을 뿐 아니라, 그밖에 무슨 결정적인 증거가 있는 것도 아니라서 본인이 부인해 버리면 공소유지公訴維持는 불가능할 것이었다.

그렇다고 해서 경경하게 사건을 처리할 수 없는 것이 검사의 입장이다. 적어도 이 사건엔 하나의 귀중한 인명人命이 그것도 고등고시 사법과에 합격한 전도양양했을지 모르는 청년의 생명에 관한 문제가 있었다. 단순한 사고라면 어떻게 할 수가 없지만,

어떤 범의의 조작이 있었다면 법의 정의를 집행해야 하는 검사로선 단연코 묵과할 수 없는 일인 것이다.

뿐만 아니라 허 검사는 '이 사건에 뭔가가 있다'는 육감 같은 것을 느꼈다.

졸업기를 앞둔 대학생들이 생명을 위태롭게 하는 위지危地에 몸을 두기까지엔 반드시 무언가가 있었다는 육감이었다.

수재들에겐 원래 모험심이 부족하다는 것은, 자기 자신이 수재의 하나였던 허 검사가 누구보다도 잘 알고 있는 터였다. 그런 만큼 수영의 소양이 전혀 없는 공부벌레가 자진해서 보트를 탔을 까닭이 없지 않을까.

"좁은 호수나, 수심을 알고 있는 개울이면 또 몰라도……"

허 검사는 때론 노도처럼 파도치기도 하는 청평호를 상기해 보았다. 그도 가끔 청평호에 소풍을 간 일이 있었던 것인데, 한 번도 보트를 탈 생각을 해본 적은 없었던 것이다.

'문제의 키는 여기에 있다'고 생각한 허 검사는 먼저 현실제와의 사이에 혼담이 있었다는 R재벌의 딸을 참고인으로 불러 보기로 했다.

그런데 당사자인 R재벌의 딸은 나타나지 않고, 그 아버지의 비서라는 사람이 대신 나타나서 다음과 같은 진술을 했다.

"어떤 중매인이 그런 말을 가지고 온 적은 있지만 정식으로 혼담을 진행시킨 일은 없으니 그 문제는 거론하시지 않는 것이 좋겠습니다."

사실이 꼭 그대로라면 지당한 말이다. 그러나 허 검사는 물어보지 않을 수 없었다.

"두 사람이 만난 적은 없는가요?"

"없습니다."

비서의 말은 단호했다.

어떻게 남의 사생활을 그처럼 단정적으로 말할 수 있을까 싶었지만, 자기가 모시고 있는 어른의 딸의 신상에 조그마한 하자도 있게 해선 안 되겠다는 마음의 탓일 것이라고 짐작하고 허 검사는 그 이상의 추궁은 하지 않았다. 비서를 돌려보내 놓고 허 검사는 생각했다.

'현실제와 혼담이 있었다는 여자가 서로 만난 적이 있느냐 없느냐가 혹시 중대한 일일지 모른다. 진옥희가 현실제에게 애착을 느끼고 있었다면, 그럴 경우는 충분히 상상이 된다. 둘이 만나는 장면을 보았을 때 질투를 느꼈을지 모르는 일 아닌가……'

이런 추측이 지나치다는 것은 허 검사인들 모르는 바는 아니다. 그러나 묘하게 이 추측에 사로잡히는 기분을 지워 버릴 수가 없었다.

허 검사는 진옥희 본인을 소환하기에 앞서 좀 더 주변의 전후 사정을 소상하게 알아두어야겠다는 마음으로 미리 전화를 해놓고 퇴근길에 법과대학의 교수 T씨를 만나보기로 했다. T씨는 형법刑法 담당의 교수이며 허 검사의 은사이기도 했다. 이런 일이 없더라도 문안을 드려야 할 처지인 것이다.

T교수는 허 검사를 반갑게 맞아 주었다. 아카데믹한 세계에서 법률을 다루고 있는 입장에선 법률을 실지로 운용하고 있는 제자들의 체험이 여간 흥미로운 것이 아니어서 T교수는 언제나 현직 판검사로 있는 제자들의 방문을 환영했다.

이런저런 인사를 곁들인 말이 오간 후 현실제의 사건이 자연스럽게 화제에 올랐다.

"그 사건을 자네가 맡았는가?"

하고 T교수는 우울한 표정으로 중얼거렸다.

"성적이 좋았을 뿐 아니라 품행에 있어서도 모범이 될 만한 학생이었는데……"

"고시에도 합격하고 있던데요."

"그렇지. 그러나 이 대학에 다니는 학생으로서 고시에 합격했다는 사실이 별로 대단할 것도 없지. 현 군은 아까운 인재야. 인물을 하나 잃었어."

"그 학생과 R재벌의 딸 사이에 혼담이 있었다는데 선생님 혹시 아시는 게 없습니까?"

"고등고시, 특히 사법과에 합격한 총각에겐 으레 그런 혼담이 모여드는 것 아닌가? 허 군도 경험이 있을 걸?"

"아닙니다. 어느 정도로 진행되고 있었는가를 알고 싶은 겁니다."

"내가 그런 걸 알 까닭이 있나. 헌데 허 군은 죽은 사람의 혼담을 살펴 뭘 하자는 건가?"

"그저 알아보려는 겁니다. 헌데 선생님은 그런 얘기가 있다는 것은 알았습니까?"

"풍문으로 들었지."

"어떻게요?"

"천하의 R재벌이 등장했으니 자연 소문이 날 게 아닌가?"

"본인으로부턴 아무 말 없었습니까?"

"약간 쑥스러웠던 모양이지. 내겐 아무 말 없었어."

계속 질문을 하기가 조금 뭣해서 허 검사는 사이를 잠깐 두었다가 물었다.

"진옥회란 여학생과 현실제는 혹시 연애관계까진 아니더라도 비슷한 그런 관계가 아니었을까요?"

"글쎄……"

"청평호까지 단둘이 놀러간 것을 보더라도 그렇게 추측할 수가 있잖겠습니까?"

"허 군도 이 학교에 다녀 보지 않았나. 남녀공학 하는 대학에서 동기생끼리 남녀 학우가 놀러갔다고 해서 연애관계에 있다고 단정할 수 있을까?"

"청평까지 단둘이 간다는 것은……"

"어쩌다가 그렇게도 될 수 있는 거지. 거리가 문제될 것 있나. 더욱이 그날 안으로 돌아올 수 있는 거리인데."

"그러나 연애관계에 있었을 가능성을 배제할 순 없잖을까요?"

"그렇기야 하지. 그렇긴 하지만 우리 학생들은 남녀 간의 우정과 연정戀情을 잘 분별하고 있는 것 같더만. 한방에서 같이 밤을 새워 공부를 하면서도 그 이상의 선을 넘지 않고 교제하는 학생들이 있으니까. 물론 전부가 다 그렇달 순 없지만."

"하여간 현실제와 진옥희는 남달리 친한 사이가 아니었습니까?"

"진옥희는 활달하면서도 신중한 학생이야. 학생, 아니, 처녀의 절도를 넘을 그런 사람은 아냐."

"건방진 얘깁니다만 은밀한 장소에서의 남녀의 관계란 모르는 것 아닙니까? 활달하고 신중한 성격의 소유자라고 해서 정열이 없으란 법은 없으니까요."

"그럴 테지."

"그런데 선생님, 실무에 종사하고 있는 경험으로 말씀드리는 겁니다만 간통이 소설이나 영화에 있는 것처럼 흔하진 않지만 우리가 얼핏 상상하는 것보단 월등하게 많다는 사실에 전 놀랐습니다."

근엄한 T교수의 얼굴에 쓴웃음이 번졌다가 사라졌다.

"허 군."

"예?"

"허 군은 혹시 엉뚱한 결론을 도출하려는 것 아냐? 그렇거든 그런 생각은 포기해요. 거의 4년 동안이나 접촉해 온 내가 어찌 그 학생의 사람됨을 모르겠나. 더욱이 나완 친숙한 사인데. 설령 현실제와의 사이에 약간의 연정 비슷한 것이 있었다고 치더라도 형사적 문제로서 추궁해 볼 만한 건덕지는 없을 걸세."

"형사적 문제는 안 되더라도 심리적인 문제는 되지 않겠습니까?"

"형사적 문제가 안 된다면……"

"검사가 개입할 필요가 없다는 말씀입니까?"

"그런 말까지야 어찌 내가 하겠나만."

"기소 불기소를 따지기에 앞서 인생을 배워 보고 싶은 겁니다."

"그러나저러나 진옥희를 심하게 자극하진 말게. 지금 그 애는 심한 충격을 받고 있는 것 같으니."

허 검사는 잠깐 잠잠했다. T교수가 피워 문 담배가 반쯤 탔을 때에 다시 질문을 시작했다.

"진옥희의 학과 성적이 쭈욱 수석이었다지요?"

"수석일 뿐 아니라 타의 추수追隨를 불허하는 월등한 학생이지."

"현실제와의 사이에도 월등한 차이가 있습니까?"

"그렇다고 할 수가 있지."

"대강 어떤 점이 그렇습니까?"

"현 군은 법률공부에만 집중하고 있는 학생이었지만 진 군은 그렇지가 않아. 다방면의 독서를 하고 그것을 잘 소화하고 있는 학생이야. 바로 그 점이 진 군과 현 군의 격차를 만들고 있었어.

지식의 폭과 깊이가 달라……"

"거꾸로 되어 있구먼요. 대개 남학생의 독서범위가 다양하고 여학생은 학교과목에만 집중하는 경향이 있는 건데."

"진옥희의 경우는 달라."

"그런데 진옥희는 고등고시를 치르지 않았더만요. 혹시 응시는 했는데 낙방한 것 아닙니까?"

"천만에. 진옥희는 고시에 응시했더라면 합격하고도 남았을 거야."

"학교 성적과 고시 성적은 다를 수가 있지 않겠습니까?"

"그야 그렇지. 그런 사정을 감안하면서도 내가 자신 있게 말할 수 있는 것은 진옥희의 시험답안지를 유심히 보아 왔기 때문이야. 진옥희가 남의 추수를 불허할 만큼 수석을 차지해 온 것은 탁월한 기억력을 비롯해 근본 실력이 우수한 탓도 있었지만 그녀의 완벽하다고도 할 수 있는 답안 작성의 요령에 있었다고 할 수 있거든. 진옥희보다도 나은, 아니, 진옥희와 겨룰 만한 기억력과 강인한 사고력을 가진 학생이 있었는데, 시험성적에 있어선 언제나 뒤졌어. 요컨대 답안 작성의 요령에서 뒤진 거라. 진옥희가 만일 고시에 응했더라면 수석합격을 할 뻔했어. 고시위원으로서 고시 답안지를 채점하면서 느낀 거지만."

"방금 말씀하신, 시험성적에선 뒤진다는 학생이 현실제가 아닙니까?"

"현 군이 아냐, 그런 학생이 있었어."

"그럼 그 학생은 지금 학교에 다니지 않는단 말씀입니까?"

"지난 4월에 그만뒀어."

"왜 그만두었습니까?"

"문제학생이었지. 이를테면 트러블 메이커. 지금 서대문에 있어."

"그 학생과 현실제를 비교하면?"

"현실제보다는 그 학생이 우수했지."

"성적은 어떠했습니까?"

"1, 2학년 때는 그 학생이 진옥희 다음이었어. 3학년 때부터 그 학생은 학교의 궤도에서 벗어나 버렸어."

"그 학생의 이름이 뭡니까?"

"이상형李相亨."

"아, 이상형이 현실제와 같은 학년에 있었구면요."

"이상형을 자네가 담당했나?"

"아닙니다. 서 검사, 서영호 검사가 담당했습니다. 서 검사가 골치를 앓았죠."

"아마 그랬을 거야."

"이상형의 학력은 우수한데 답안 작성의 요령에 있어선 진옥희보다 못했다는 얘기 아닙니까?"

"그렇지."

"진옥희의 답안 가운데 뭐든지 하나만 보았으면 합니다만."

"어렵지 않은 일이야. 진 군이 쓴 형사정책刑事政策의 시험 답안을 모범답안용으로 타이프라이팅해 놓은 것이 있지."

하고 T교수는 등 뒤에 있는 캐비닛을 열더니 진옥희의 답안을 가려내어 허 검사 앞에 놓았다.

"별로 길지 않은 것이니 이 자리에서 읽어 보게."

이렇게 말하고 잠깐 볼일이 있는 양으로 T교수가 바깥으로 나가 있는 동안 허 검사는 타이프라이팅이 되어 있는 진옥희의 답안을 집어 들었다.

197×년도 제1학기 기말고사

형사정책刑事政策

문제 : 사형폐지론死刑廢止論의 타당성 여부를 논하라.

서론序論

고래로 '사회가 있는 곳에 법이 있다'로 되어 있었다. 따라서 '법 있는 곳에 형법刑法이 있다'는 말이 성립된다. 18세기 중엽 벡카리아가 사형폐지론을 수장할 때까진 '형법이 있는 곳에 사형이 있다'고 치고 누구도 의심하지 않았다. 그런데 벡카리아의 사상이 위대한 영향력을 가지고 세계에 유포되자 사람들은 세상에 사형이 존재하는 문제에 대해서 의혹을 갖기 시작했다. 그리고 지금 세계에 있어서의 몇 개의 나라 몇 개의 지방에선 사형이 폐지되기도 했다.

그러나 이런 나라, 이런 지방에서도 사형을 부활시켜야 한다는 주장이 끈덕지게 나돌고 있고, 다른 나라에선 의연히 사형을 존속시켜야 한다는 태도가 결정적인 세위를 지니고 있다. 모든 사람들이 사형이란 형벌이 있을 수 없다는 것을 확신할 때까진 그래서 이 지구상에서 사형이 말살될 때까진 아직 수많은 세월을 필요로 할지 모른다. 그런 까닭에 오늘에도 아직 '사회가 있는 곳에 사형이 있다'는 정의는 통용되고 있는 것이다.

종교적·철학적 입장은 사람이 사람을 재판하는 것이 있을 수 있는 일인가 하는 의문을 제기하고 있다. 하나 이러한 의문에도 불구하고 사회의 요구는 당연한 것으로 치고 재판제도를 유지하여 오늘에 이르고 있다. 이와 같은, 아니, 이보다 더 중요한 의문은 국가가 그 권력에 의해 인간을 죽일 수 있느냐 하는 문제이다. 원래 사회 또는 국가는 개인의 이익을 추구하고 보강하는 목적을 위해서 형성된 수단인 만큼 그 구성 멤버인 개인의, 비록 그것이 흉악범죄를 이유로 했다고 치더라도 생명을 말살할 수 있을까 하는 의혹은 쉽사리 지워 버릴 수가 없다.

더구나 사형이 당시 권력자에 대한 반항을 이유로 시행되었을 경우는 문제가 더욱 복잡하게 된다. 사형은 국가가 개인을 합법적이란 명목으로 살해하는 행위이기 때문에 그것이 뜻하는 바는 실로 중대하다. 형사법에 있어 법률의 해석과 학설의 대립이 아무리 격렬하더라도 그것이 죽음과 결부되어 있지 않는 한 그다지 중요한 문제는 아니지만 사형과 유관하다고 할 땐 심각한 문제가 되지 않을 수 없다. 그런 까닭에 사형폐지론은 법률학이

지니고 있는 가장 중요한 문제에 관한 논의라고 할 수 있는 것
이다.

본론本論

◎ 사형폐지론의 논거論據

사형폐지를 주장하는 논거는 대강 다음 네 가지의 태도로 나눌
수가 있다.

① 인도적 견지에서의 폐지론

인간의 생명과 인격은 무조건 존중되어야 한다. 생명과 인격은
어떠한 이유로서도 수단이 되어선 안 된다. 그런 뜻에서 사형은
자기모순이다. 사람을 죽여선 안 된다는 이유로 사람을 죽이는
것은 중대한 모순이다. 이 태도는 '사람의 생명은 법 이상으로
중요하다'는 주장으로 나타난다.

② 오판誤判을 이유로 한 폐지론

사람은 원래 완전한 존재가 아니다. 완전하지 못한 인간의 재판
이니 오판이 절대로 없을 것이라고 단정하지 못한다. 현실적으
로 상고심上告審에서 원심이 파기되는 경우가 많다. 이럴 경우
사형이 집행된 후이면 도저히 회복할 방도가 없다. 따라서 오판
이 절대로 있을 수 없다는 전제가 보장되지 않을 땐 사형을 인
정할 수 없다는 것이 이 주장의 논거이다.

③ 변상을 전제로 한 폐지론

가해자인 범인을 죽여 없애 버리면 피해자의 유족에게 누가 변

상을 할 것인가. 가해자를 무기징역에 처해 노역을 시켜서 그 일생을 통해 피해자에게 변상토록 해야 한다는 것이 이 주장의 논거이다. 논거의 ①, ②는 가해자인 범인을 중심으로 한 것인데 이것은 피해자에 중심을 둔 논거이다.

④ 법률의 이념에 비춘 폐지론

법률의 이념은 '그 죄는 미워하되 사람을 미워해선 안 된다'는 것이다. 그런데 죄를 지었다고 해서 범인을 죽여 없애 버리면 보상할 수도 회개할 수도 없는 죄만 남고 미워해선 안 될 사람만 미워한 결과가 된다.

법률의 이념은 또한 형벌은 어디까지나 교육형教育刑이라야 하되 보복형報復刑이어서는 안 된다고 되어 있다. 사형은 보복형 이외의 아무것도 아니라는 것이 이 폐지론의 논거이다.

◎ 사형의 존속이 필요하다는 주장의 논거는 대강 다음 세 가지로 요약할 수가 있다.

① 사형은 일종의 법적확신이라고 하는 뜻에서의 존치론存置論

살인자사殺人者死는 동서고금을 통해 있어 온 일반인의 법적 확신이다. 이런 견해로선 형은 본질적으로 응보적應報的인 성질을 가지고 있다. 이것은 원시적이긴 하나 뿌리 깊은 형벌사상이다.

② 위협적 효과를 노리는 존치론

사형은 잔인한 형벌이긴 하지만 극악무도한 범죄자의 절멸을 기하고, 그 같은 범죄의 유발을 방지하기 위해선 필요악必要惡

으로서도 사형을 존치해야 한다는 것이 그 논거이다.

③ 완전격리란 뜻으로서의 존치론

사회의 안녕질서를 유지하기 위해선 범죄인을 그 죄상·죄질에
따라 일반사회로부터 격리할 필요가 있다. 특히 극악범은 완전
격리해야 한다. 그 완전격리의 수단으로 사형제도는 존치해야
한다는 것이 그 논거이다.

◎ 존폐론存廢論의 득실得失

① 폐지론의 득실

합법적 살인도 살인은 살인이다. 사람이 사람을 죽일 수 없는
것이라면 어떠한 방법으로서의 살인도 부인해야 한다. 그런 점
에서 사형폐지론은 강력한 근거를 가졌다고 할 수 있다. 그러나
오판을 이유로 한 폐지론은 그 근거가 박약하다. 오판을 전제로
한다면 재판제도 자체를 문제로 해야 하기 때문이다. 오판의 결
과 무기징역을 받는 피의자가 오랜 징역살이 끝에 죽었다고 치
고, 그때 오판임이 밝혀졌다고 하면 어떻게 될 것인가. 오판이
사형의 경우에만 문제되는 것은 아니다. 피해판상被害辨償으로
서의 폐지론은 일면 합리적이라고 할 수 있지만 실제 운용면에
있어서의 판상효과는 그다지 기대할 바 못된다.

교육형적 견지에서의 주장은 그 자체 타당하지만 형벌에서 응
보형의 의미를 말끔히 지워 버리기란 어렵다.

이상과 같이 폐지론은 이념적으로나 정책적으로 합리적이긴 하

지만 현하사회現下社會의 실정과 형벌의 효과면을 생각할 때 너무나 이상에 치우쳤다고 할 수가 있다.

② 존치론의 득실

사형 존치의 주장이 이념론적으론 활발할 수 있는 것이 오늘날의 실정이다. 그러니 사형 존치의 주장은 주로 정책론적 차원에서 전개된다. 사형이 인간에 가할 수 있는 최대의 형벌이기 때문에 그 위협적 효과, 극악범죄의 방지효과를 부정할 순 없을 것이다. 그러나 완전격리 이론은 어느 의미로선 행형行刑의 무능을 자인하는 결과 이외의 아무것도 아니다. 이런 점으로 보면 피해보상을 논거로 한 폐지론이 보다 적극적이며 따라서 행형의 진보에 기대해 볼 만하다.

결론結論

폐지론은 그 이념으로서 강력한 논거를 가졌다. 사회의 이상으로선 당연히 사형제도는 폐지되어야 한다. 그런 만큼 정책론으로서도 적극적인 의미가 있다. 그러나 이것을 폐지하기 위해선 많은 전제적 조건이 필요하다. 그 최대의 전제조건은 국가적 규모에 있어서의 안보문제 해결이다.

어느 학자는 일단 사형을 폐지해 놓고, 뒤에 그 전제적 조건을 충족하도록 노력함이 어떠냐고 주장하고 있지만 아무래도 대세를 설득시키기엔 부족한 주장이다. 사회 일반이 윤리적으로 진보하고 개인의 도의의식이 높아진 연후에 당연히 사형은 폐지되어야 한다. 그런 뜻에서 사형제도의 완전폐지는 논리적으로 시간의 문제라고 할 밖에 없지만 실제적으론 요원한 문제인 것이다.

◎ 답안외적인 나의 의견

지금 우리나라의 사정, 즉 북괴가 우리 생활의 교란을 노려 간첩을 계속 침투시키고 있는 현실정으로선 사형을 폐지하기란 어렵다. 그러나 흉행을 동반하지 않은 사상범·정치범에 대해서만은 사형이 집행되지 않았으면 하는 마음 간절하다. 우리나라의 어느 소설가가 쓰고 있듯이 정 사형을 폐지하지 못할 경우라면 집행의 시일을 그 범죄인의 어머니가 죽은 뒤로 미룰 수 있었으면 좋겠다. 아들이 극악범이라고 해도 그 이유로써 모성에 결정적인 충격을 주어선 안 되기 때문이다.

소련의 망명작가 솔제니친은 소련에선 어느 사람이 사형수가 된다는 것은 그 사람의 행동에 있지 않고 정치의 조작에 있다고 쓰고 있다. 다행히 우리나라엔 그런 폐단이 없는 줄 알지만 이런 사태란 정말 불행하다. 경계해야 할 것은 집권자가 법을 편리주의적으로 운영하는 태도이다. 이런 폐단을 막는 요새가 바로 법관의 양심이다. 법의 정의를 체현體現할 수 있는 용기 있고 투철한 견식을 가진 법관의 존재는 제도의 폐지에 선행해서 사형을 실질적으로 없게 하는 보람을 갖게 할 것이다. (끝)

허 검사는 마지막 부분을 다시 한 번 되풀이해 읽고 고개를 들었다. 어느덧 앞자리에 와 앉아 있던 T교수는 어떠냐는 듯 허 검사를 보았다.

"내용 자체는 조금 공부한 학생이면 쓸 수 있는 건데, 아닌 게 아니라 답안으로 다듬어 올린 솜씨가 대단합니다."

"마지막의 답안외적 의견이란 것이 재미가 있지? 물론 학내에서의 시험이니까 그런 사족蛇足을 붙였을 테지만 헌법교수의 얘기를 들으면 진옥희의 사족적 부분이 특히 빛난다고 하더만."

T교수는 진옥희를 칭찬하는 데 말을 아끼지 않았다. 허 검사가 물었다.

"그런데 이 학생이 왜 고등고시에 응시하지 않았을까요?"

"대학원에 갈 작정이 아닌가 해."

"교수가 되겠다는 겁니까?"

"본인이 원한다면 대학에선 거절할 이유가 없지."

"그렇더라도 고시에 합격해 두는 것이 좋을 텐데요."

"본인에겐 무슨 생각이 있겠지. 물어보지 않았으니까 모르지만."

T교수는 덤덤한 표정으로 담배를 피워 물었다.

허 검사의 뇌리에 스치는 게 있었다.

"참, 진옥희와 이상형 사이는 어떠했습니까?"

"잘 지내는 편이었을 거야. 가끔 같이 내 방에 온 적도 있었으니까."

"현실제와 이상형의 사이는 어떠했습니까?"

"친했어. 성향은 다른데도 그들은 아주 친했어."

"그럼 진옥희는 현실제, 이상형과 같이 어울려 놀 때도 있었겠군요."

"물론이지."

T교수와의 대화는 진옥희란 여학생에 대한 허 검사의 호기심을 돋우긴 했으나 사건의 해석을 지배할 만한 자료를 얻거나, 그럴 계기가 될 만한 것은 아니었다.

"할 말은 아니지만…… 아니, 물론 그럴 까닭이야 없겠지만, 진옥희를 의심하는 것은 저, 뭐라 할까…… 아무튼 그런 생각은 안 하는 것이 좋을 거야. 되도록이면 강하게 자극하지 않도록……"

헤어질 무렵, T교수는 옛날의 제자인 허 검사 앞에서 이처럼 말을 더듬었다.

그 마음을 알 수가 없어 허 검사는 "걱정 마십시오. 선생님" 하는 말을 남기고 상냥하게 웃었다.

진옥희는 일견 평범한 여학생이었다.

그런데 평범하다는 것은 일견했을 때의 인상이고, 앞에 앉혀 놓고 자세히 보면 볼수록 미점美點과 장점이 계속 발견되는 그런 여자였다.

전혀 화장기가 없다는 것도 여학생다운 신선함을 느끼게 했고, 아무렇게나 빗어 넘겨 속발束髮한 머리모양도 본질적인 일 이외의 것엔 신경을 쓸 여지가 없다는 기질을 그냥 나타내고 있는 것 같아 호감을 가질 수 있었다.

쑥색 스커트에 무늬도 장식도 없는 하얀 블라우스 차림의 몸매는 침울한 듯한 얼굴 표정과는 딴판으로 건강하게 균형이 잡혀 있고 탄력을 느끼게 했다. 허 검사는 진옥희로부터 운동선수 같은 느낌을 받았다.

"학생은 혹시 스포츠 선수가 아니오?"

"아닙니다."

"운동을 하는 사람 같은데?"

"매일 일과로서 수영을 하고 있습니다."

"아아, 수영!"

허 검사는 보트가 뒤집혔는데도 그 여자만이 살아남은 사실을 선뜻 상기했다.

"수영은 언제부터?"

"중학생 때부터입니다."

"그럼 수영엔 꽤 자신이 있겠군."

그 말엔 대답하지 않고, 진옥희는 눈을 아래로 깔았다. 그 태도가 너무 긴장되어 있는 것 같아서 허 검사는

"어렵게 생각하지 말아요. 참고인 정도로서 부른 것이니까요."

하고 웃어 보이곤 다음과 같은 질문을 했다.

"학생은 왜 하필이면 법과대학에 다닐 생각을 했죠?"

진옥희는 얼굴을 들었다. 고개를 숙이고 있었을 때는 침울한 분위기였던 것이 얼굴을 들자 그 주변이 순간 밝은 빛으로 되었던 것은 진옥희의 눈이 너무나 맑기 때문인지 모른다. 흰자위와 검은자위가 선명한 눈이 무심코 크게 뜨일 때 활짝 꽃이 피는 듯한 느낌으로 황홀하기까지 했다.

"단순한 호기심으로 물어보는 겁니다. 왜 하필이면 법과대학에 다닐 생각을 하셨죠?"

허 검사는 질문을 되풀이했다.

진옥희는 쓸쓸한 미소를 지었다. 생각하면 이것은 진옥희가 여태껏 수없이 받아 온 질문이었다.

법과대학에 원서를 낼 때 아버지의 질문도 이러했다. 그때 아버지에겐

"판사나 검사가 되어 갖고 여자에게 못되게 구는 사내들을 징역 보낼라구요."

하며 웃겼고, 같은 질문에

"시집을 가야 할 여자가 판사나 검사가 되면 뭘 하니, 무난한 대학에나 들어가라."

고 덧붙인 어머니에 대해선

"신랑을 지배하며 살기 위해서라도 판사나 검사가 되어야겠어요."

하고 익살을 부렸다.

담임 선생님의 질문엔

"그저 법률을 공부해 보고 싶어서요."

라고 했고, 가장 친한 친구 향숙에겐

"법률은 중요한 것 아니니? 그런 중요한 것을 남자에게만 맡겨둬서야 되겠니?"

하고, 제법 기염을 토하기도 했었다.

코스모스가 양편으로 피어 있는 시골길을 걸으면서 지껄여대던 그 코스모스의 길을 진옥희는 문득 회상하는 마음으로 되었다……

"무슨 이유가 있었을 것 아냐? 여자가 법과대학에 다니려고 했을 땐."

허 검사는 너그럽게 진옥희의 대답을 재촉했다.

"그저 그렇게 되어 버린 겁니다."

"그저 그렇게 되었다?"

"그렇게밖엔 말할 수가 없습니다."

허 검사는 잠깐 진옥희를 지켜보고 있다가 다시 물었다.

"앞으로 여판사나 여검사가 될 생각은 없소?"

숙였던 고개를 다시 들고 진옥희는

"판사면 판사, 검사면 검사지 여판사, 여검사란 것이 달리 있나요?"

하고, 애매하게 웃음을 띠었다.

"아아 그렇군. 하여간 판사나 검사가 되실 생각 없습니까?"

"없습니다."

"그래서 고시에 응시하지 않은 거로군요. 그럼 학자로 나설 작정입니까?"

"그것도 포기할까 합니다."

"왜요?"

"……."

"대단한 수재라고 들었는데 이것도 저것도 포기한다면 모처럼 법률을 배운 것이 아깝지 않소. 그런 마음이 된 동기를 알고 싶은데요."

"법률에 흥미를 잃은 겁니다."

"어째서요?"

허 검사는 법률에 흥미를 잃었다는 진옥희에게 아연 흥미를 느꼈다.

"그 얘긴 나에게 참고가 될 것 같은데 솔직하게 한번 말해 보시오."

"글쎄요."

진옥희는 생각에 잠겼다.

이런 기회에 그 까닭을 스스로 정리해 보는 것도 나쁘지 않다는 생각이 들었다. 그러나 그 작업이 그처럼 쉬울 리가 없었다.

"한번 말해 보시오."

허 검사는 담배에 불을 붙였다. 절연을 하고 있는데도 이런 대목을 만나면 갑자기 담뱃갑에 손이 뻗쳐지는 것이다.

"법률에 흥미를 잃기 위해 4년 동안이나 법과대학에 다닌 셈이 되었다는 그런 기분입니다."

"교수들에게 불만이 있었던가요?"

"아녜요. 교수님들은 모두 훌륭한 분들이었어요."

"법과대학의 분위기? 뭐라고 말할 순 없지만 묘한 분위기가 있죠? 그런 것이 싫어서?"

"아녜요."

"그럼 뭘까?"

하고 허 검사는 진옥희 대신 생각하는 얼굴이 되었다.

진옥희가 솔직한 이야기를 할 수 있는 형편이라고 해도 그 복잡한 사정을 죄다 말할 수는 없는 것이었다. 기껏 말할 수 있는 것이란 4년 동안 법률을 공부했지만 마음의 양식이 될 만한 것이 없었다는 얘기도 될 것인데 어떻게 그런 건방진 말을 검사 앞에서 할 수 있겠는가 말이다.

옥희의 뇌리를 갖가지의 장면이 스쳤다.

그 가운데의 하나는 1학년 2학기 때였다. 교양 과정의 영어를 맡은 젊은 영어 교수와 우연히 자리를 같이한 적이 있었는데 진옥희가 법과대학의 학생인 줄을 알자 그 영어 교수의 얼굴이 대뜸 불쾌하다는 빛으로 바뀌었다. 마음의 탓만이 아니라 지나치게 노골적인 경멸이었다. 소녀다운 동경을 그 젊은 영문학자에게 느끼고 있었던 만큼 옥희가 받은 충격도 컸다. 경멸의 이유를 알 수가 없었으니 궁금하기도 했다. 아마 여자인 주제에 법과대학에 다닌다는 것이 아니꼬웠을는지 모른다고밖엔 짐작할 수 없었는데 그때의 그 충격은 회한처럼 가슴의 밑바닥에 남았다. 그러나 옥희는

'자기의 전공만을 최고로 아는 편협한 인간이면 나도 그를 경멸해 주리라!' 하는 사고방식으로 마음을 달랠 수가 있었다.

"왜 말을 안 하십니까?"

허 검사의 부드러운 말에 진옥희는 정신을 차렸다.

"뭐라고 설명하기가 어렵습니다."

"무슨 계기가 있었을 것 아닙니까?"

계기…… 하고 진옥희는 생각했다. 물론 계기가 있었다. 하나도 아닌 복합된 계기가.

2학년에 올라갔을 때이다. 그땐 진옥희가 일등을 했다는 소문이 학내에 퍼져 있었다.

도서관에서 늦게 하숙으로 돌아오는데 어디서 나타났는지, 이상형이 따라와서 어깨를 나란히 했다. 그러고는 느닷없이 말을 걸어왔다.

"물어볼 말이 있어."

진옥희는 이어질 말을 기다렸다.

"여자가 법률을 공부해서 뭣할 거야?"

"여자가 법률을 공부하면 안 되나?"

"남자의 입신출세주의도 악취가 분분한데 여자의 입신출세

의를 어떻게 견뎌."

"입신출세주의자라야만 법률을 공부하나?"

"그런 이유 말고 뭐가 있겠어."

"순수한 학문적 의욕이란 것도 있어."

"순수한 학문 좋아하네."

이상형은 사뭇 경멸한다는 듯이 입을 비쭉했다. 그 표정이 언젠가의 영어 교수의 표정과 닮았다는 것을 진옥희는 발견했다.

"그럼 법률학은 학문이 아니란 말인가?"

"왜 아니겠어. 우리가 지금 배우고 있는 법률이 학문이 아니란 그 말야."

"그건 궤변이야."

"궤변? 천만의 말씀. 법률을 학문적으로 연구하려면 먼저 철학을 해야 해. 문학을 해야 하고, 경제학도 해야 하고, 역사를 철학적으로 연구해야 하고……"

"우리 스스로가 그렇게 공부해 나가면 될 게 아냐?"

"지금 우리 법과대학의 교과는 그렇게 되어 있지 않아."

"난 당신 말 통 알아들을 수가 없어."

"전기, 전신에 관한 깊은 원리를 몰라도 전선을 가설하고 전화기를 고칠 수 있지? 우리는 그런 전기 수리공처럼 법률을 배우고 있는 거야. 겨우 문자를 해독할 수 있을까 말까 한 브레인으로 법률을 다루고 있는 거야."

"그렇다고 치더라도 그게 뭣이 나빠. 차츰 전문지식을 쌓아가면 되는 거지."

"영국의 옥스퍼드나 케임브리지에선 법과대학생 시절엔 법률에 관한 강의를 받지 못할 뿐 아니라, 절대로 법률에 관한 책도 읽히지 않는대."

"그럼 그 동안엔 뭘을 공부해?"

"철학, 문학, 역사, 사회학, 경제학……"

"법률은 언제 공부하나?"

"대학원에 가서, 또는 전문적인 연수원에 가서, 요컨대 인생과 사회와 역사에 관한 깊은 견식 없이 법률의 조문부터 배운다는 건, 전기 수리공이 전선을 가설하고, 전기 기계를 고치는 것을 배우는 거나 마찬가지다 이 말이야."

"한데 무슨 목적으로 내게 그런 소릴 하지?"

"순수한 학문적 의욕으로 법률을 공부하고 있다는 말을 하지 못하게 할 목적으로."

"그래도 나는 학문으로서 법률을 공부하고 있는 걸."

"판사, 검사가 되려는 건 아니구?"

"판사나 검사가 되면 또 어때?"

"그러니까 그 출세주의, 더욱이 여자의 출세주의를 견딜 수 없단 말이다."

"견디지 못하면 여자 법과대학생 근처에 가지 않으면 될 것 아냐? 물론 내 곁에 오지도 말고."

"그렇겐 안 돼. 법과대학생 진옥희 씨는 싫어도 총명한 여성 진옥희 씨에겐 매력이 있거든."

"당신에겐 아주 편리한 논법일 것 같은데 나는 그 논법을 받아들이지 않겠어요. 헌데 나도 한 가지를 물어보겠어."

"좋아."

"당신은 남의 출세주의는 그처럼 혐오하면서 당신의 출세주의는 어떻게 처리하고 있죠?"

"내가 기다렸던 질문이야. 남자에겐 능력에 알맞은 직업이 있어야 해. 이왕에 택하려면 출세길이 훤한 직업이 좋지 않겠어?"

"여자에겐 능력에 알맞은 직업이 있어선 안 되나?"

"안 될 리야 없지. 없지만 꼭 직업을 필요로 하는 남자완 다르잖아. 뭣 때문에 여자가 하필이면 법관이라고 하는 생산성이란 조금도 없는 불모의 직업을 택하려고 하느냐 이 말야."

"당신과는 더 얘기 않겠어. 남자의 독선을 어느 정도까지 인정할 아량이 있지만 당신 같은 그런 독선은 절대로 용납하지 못해. 당신 같은 남자가 있으니까 나는 기어이 판사나 검사를 해야하겠어. 국회의원이라도 되어 갖고 남자 독선금지법을 만들어야하겠어. 당신은 저 길로 가요."

"이것 야단났군. 내 말을 끝까지 들어줘. 남자 독선금지법을 만들 때의 참고가 될지도 모르니까."

"쓸데없는 소리 말아요. 저리로 가요."

"바로 이런 점이 여자가 틀려먹은 점이라. 내가 당신의 비위를 거스렸으면, 당신은 내 비위를 거스를 말로써 당당하게 맞서

논전을 하면 될 게 아닌가. 머리가 남만 못한가 말을 남만 못하나. 기분이 나쁘대서 삐쳐 돌아선다면 유치원 계집애와 뭐 다를 게 있어. 그래 가지고 법과대학생?"

진옥희는 허튼 웃음소리라도 내지 않을 수 없었다. 그런 제스처를 하고 나니, 같이 식사라도 하자는 권유를 뿌리칠 수가 없었다. 저녁식사 때가 훨씬 지나 있기도 해서 시장한 참이기도 했다.

식사를 할 때는 서로 말이 없었다.

식당에서 나와 걷기 시작하며 이상형이 이런 말을 했다.

"사실을 말하면 난 혁명가가 되고 싶은 거라. 그런데 어머니의 소원이 내가 판사나 검사가 되었으면 하는 거야. 우리 아버지는 내가 여섯 살 때 죽었어. 어머닌 나를 키우면서 무척 고생했지. 어머니의 소원을 무시할 수가 없잖아. 부득이 나는 입신출세주의자가 된 거야."

그 말을 듣고 진옥희는 센티멘털한 기분에 말려들었다. 이상형의 무리한 말들을 용서할 마음으로도 되었다.

이상형과 사귀는 동안 진옥희는 점점 법률에 흥미를 잃어갔는데 바로 그때 그 대화가 이상형과 얘기를 주고받은 처음이었다.

"말하기 힘들면……"

허 검사는 너그럽게 웃으며 말했다.

"안 해도 돼요."

그러고는 약간 사이를 두더니 물었다.

"현실제와 청평에 갈 때 누가 먼저 가자고 한 겁니까?"

진옥희의 얼굴이 일순 긴장되었다.

"제가 가자고 했습니다."

"특별한 목적이 있었던 겁니까?"

"특별하다는 것은……"

"아니, 꼭 청평엘 가야 할 일이 있었느냐는 뜻입니다."

"꼭 청평에 가고 싶었기에 간 것이 아니겠어요?"

"그러니까 무슨 목적이나 이유가 있었겠죠."

"전 청평을 좋아합니다. 전에도 세 번이나 갔었지요."

"청평이 좋아서 청평에 갔다 이거군요."

허 검사의 말이 약간 시니컬하게 들렸던 모양이다. 진옥희는 시선을 허 검사 얼굴에 집중한 채 있었다.

"미스 진이 현실제에게 청평에 가자고 했을 때 무슨 말을 했습니까?"

"조용한 데 가서 얘기나 하며 놀고 싶은데 어디가 좋을까 한 것은 현실제 군이었는데, 청평에 가 본 적이 있느냐고 물으니 없다는 거예요. 그럼 청평으로 가자, 이렇게 된 거예요."

"무엇을 타고 갔습니까?"

"버스를 타고 갔어요."

"버스값은 누가 지불했습니까?"

"현실제 군이 지불했습니다"

"현실제의 주머니 사정이 넉넉한 편이었습니까?"

"저와 비슷해요. 현 군이나 나는 거의 같은 액수의 장학금을 받고 있었으니까요."

"부모님으로부터의 보조는 없었소?"

"세 군데서 장학금을 받고 있어서 부모님이 보조할 필요가 없었습니다."

"청평에 도착한 후의 경과를 대강 말해 봐요."

"버스에서 내리자 정오가 조금 지나 있었어요. 그래서 바로 호숫가 식당에서 점심을 먹었습니다. 그리고 한 시간가량 그 근처를 돌아다니다가 보트를 탔습니다."

"술이나 뭐 그런 걸 마시진 않았나요?"

"맥주를 한 병씩 마셨어요."

"그뿐이었소?"

"소주를 작은 병으로 한 병."

"그렇게 많이 술을 마셨어요?"

"현 군은 술이 강합니다."

"현 군이 언제부터 술을 그렇게 많이 마시게 된 겁니까?"

"제가 알기론 작년 고등고시에 합격하고 난 이래가 아닌가 합니다."

"술을 마신 시간이 대강 얼마쯤이었소?"

"한 시간 반? 두 시간, 그 정도였습니다."

"보트를 탄 것이 몇 신데요?"

"아마 두 시 반쯤이 아니었던가 해요."

허 검사는 보트를 탄 대목에서 뒷걸음질해야 할 필요를 느꼈다.

"한 시간 반 내지 두 시간 동안이나 술을 마셨으면 그동안 많은 말이 오갔을 것 아뇨?"

"별로 말이 없었어요."

"웬수끼리도 아닌 친한 친구끼리 벙어리처럼 앉아서 술만 마셨단 말인가요?"

"말이야 있었죠. 그러나 대수로운 말은 없었다는 겁니다."

"그때 무슨 얘길 했는지 대강이라도 좋으니 말해 보시오."

진옥희는 고개를 숙이고 손가락을 만지작거렸다. 얘기를 하려면 다소의 준비 시간이 필요할 것이라고 보고 허 검사는 기다려 주기로 했다.

이윽고 다음과 같이 진옥희는 시작했다.

"졸업한 후의 계획이었어요. 군에 입대하면 법무관으로서 근무하게 될 것이란 얘기도 있었구요. 제대하면 검사나 판사로 임명되기에 앞서 미국에나 가서 학위를 받았으면 좋겠다는 얘기도 있었구요……"

진옥희는 이렇게 말하고 있었으나 청평호반의 음식점에서 두 사람 사이에 있었던 얘기는 물론 그와 같은 얘기도 끼이긴 했으나 전혀 다르게 전개되어 있었다.

한 글라스의 맥주를 비우고 나서 현실제는

"청평이 이렇게 좋은 곳인 줄을 몰랐군."

하고 시작했다.

"사람의 힘이란 대단한 거지?"

진옥희가 맞장구를 쳤다.

"이런 데 별장이나 하나 지어 놓고 살았으면 좋겠다."

고 현실제가 말했을 땐

"사법 시험에 합격했다고 벌써 별장 지을 생각을 하나?"

하며 진옥희는 쩨려보는 눈이 되었다.

"아냐, 언젠가는 잘 살아봐야 할 게 아닌가. 그때 얘기를 하고
있는 거야."

"언젠가가 아니라 현 군은 곧 별장을 가지게 될 걸 뭐."

했을 때 R재벌 딸과의 혼담 얘기가 입 밖으로 미끄러져 나오려
는 것을 가까스로 참았다.

이 말엔 대꾸를 안 하고 맥주 글라스를 입으로 가지고 갔다가
다시 놓으며 현실제가 뚜벅 말했다.

"이상형이 생각나는구나."

아닌 게 아니라 진옥희도 지금 감옥에 있는 이상형을 현실제
와 대조시켜 생각하고 있었던 터였다.

"상형이 안됐다 이 말인가?"

"그 녀석, 내 말만 들었어도 그런 꼴이 되지 않았을 건데."

"그 사람이 현 군의 말을 들을 사람이기나 해?"

"상형은 그 영웅주의 때문에 망할 거야."

"망하길 자원한 사람이잖아."

진옥희는 마음속에서 이상형의 모습을 그렸다.

이상형은 2학년 말까진 충실한 학생이었다. 가슴에 불이 끓고 있어도 애써 그 충동을 참았다. 가끔 울분을 토하기도 했지만 진옥희와 현실제를 상대로 했을 뿐 행동화하진 않았다.

"세상에서 가장 추한 것은 입신출세주의다. 이런 소시민 근성이 사회를 망쳐 놓았다. 통일이 안 되는 까닭이 바로 여기에 있다. 아첨 근성을 조장하는 병폐도 여기에 원인이 있다. 이른바 엘리트들은 대중과 더불어 함께 향상해야 한다는 사명을 망각하고 자기만 잘 살면 그만이라고 설쳐대고 있으니 될 턱이 있는가. 청년이 부정에 둔감하면 그 사회는 망한다."

며 대변혁이 있어야 한다고 흥분 섞인 말을 할 정도였던 것이다.

그랬던 것이 3학년에 오를 무렵 어머니를 여의고부턴 사람이 달라졌다. 서클을 만든다, 세미나를 연다 하며 분주히 돌아다녀선 무슨 틈만 있으면 일을 꾸미려고 서둘렀다.

그 무렵부터 이상형과 현실제의 사이에 불꽃 튀는 토론이 가끔 벌어졌다.

이상형이

"특정 계층의 이익에 봉사하는 것이 법률이다. 그런 법률을 부정해야만 사회의 발전이 있다."

고 하면 현실제는

"법률은 통치의 기준이며 사회의 질서이다. 법률 없이 어떻게 민중의 통치가 가능할 것인가. 법률은 특정 계층의 이익에 봉사하는 것이 아니라, 가시덤불을 치우고 지상에 만들어진 탄탄한 대로이다."

하고 맞섰다.

이렇게 해서 토론의 실마리가 되었던 것인데, 진옥희는 그 사이에 끼어 가만 있었을 뿐이었다.

토론이 끝난 뒤 어쩌다 진옥희가 이상형과 단둘이 남게 되면

"현실제란 놈, 영리하기도 하고 좋은 놈인데 그 속물근성엔 딱 질색이란 말야. 철저한 현실주의자, 타협주의자다. 청년이 벌써 저런 모양으로 되어 갖고 장차 어떻게 할 거란 말인가."

하고 개탄하는 이상형의 말을 듣게 되었다.

현실제는 현실제대로 진옥희에게 말했다.

"나를 현실주의자라고 비난하지만 현실을 무시하고 어디에 생활이 있겠어. 현실을 잘 이용할 수 있는 자만이 이상을 운운할 수 있는 거야. 현실을 무시한 이상주의자는 결국 패배할 수밖에 없어. 현실주의자는 법률을 자기편으로 할 줄 아는 자다.

법률을 자기편에 할 수 있는 자가 인생의 승리자가 된다. 이상형은 혁명을 꿈꾸고 있다. 즉 현행법에 적대하려고 하고 있다. 그러나 법률이 그를 용서할 까닭이 없다. 국가는 내란에 관한 죄, 공무집행에 관한 죄, 반공에 관한 죄, 도주의 죄, 폭발물에 관한 죄, 불법 집회에 관한 죄 등, 모든 필요한 그물을 쳐 놓고 불온한 사상을 가진 놈을 탄압한다. 그러니 이상형은 그의 뜻을 포기하지 않는 한 평생 일정한 주거를 갖지 못하고, 안정된 직업

도 갖지 못하고, 엉뚱한 음모만 꾸미다가 도망쳐야 하며, 언제나 가난하여 가족의 단란도 모르고, 사람에게 배신당하고, 사람을 배신하며, 드디어는 교수대에서 죽든지 감옥에서 죽어야 할 운명에 있다."

이런 틈바구니에 끼어 진옥희는 어느 편도 두둔할 수가 없었다. 이상형의 의견도 일리가 있고, 현실제의 의견에도 일리가 있었기 때문이다.

하나 이상형의 사상은 처절한 빛은 있었으나 실현 가능성이 희박하고, 현실제의 사상은 건실했으나 그 법률만능의 사상엔 반발을 느꼈다. 말하자면 진옥희는 이상형의 법률부정의 논리에도 동조할 수 없었고, 현실제의 법률만능론에도 동조할 수가 없었다.

그런데 이상형은 이상형대로 진옥희를 자기편이라고 생각하여 의심하지 않았고, 현실제 역시 그러했다. 그 까닭은 이렇다. 이상형은

'진옥희처럼 총명한 여자가 현실제 따위의 속물근성이 가득 찬 사나이를 좋아할 까닭이 없다.'

고 믿었고, 현실제는

'진옥희처럼 총명한 여자가 이상형과 같은 위험천만하고 불행해질 말로가 훤한 사나이를 좋아할 까닭이 없다.'

고 믿고 있었던 것이다. 물론 이것은 진옥희의 짐작이다. 현실제가 묵묵히 청평호의 이곳저곳에 시선을 돌리며 술을 마시고 있

을 동안에 진옥희는 이런 생각을 하고 있었던 것인데 그 뒤 오간 말들은 더욱이 허 검사 앞에 털어놓을 수 없었다.

허 검사가 물었다.

"두 시간 동안 앉아 있으면서 기껏 그 정도의 얘기를 했단 말인가요?"

"그 밖에도 이런저런 얘기가 있었지만 기억할 수 없습니다."

"그런 충격적인 날에 있었던 얘길 머리가 좋기로 소문이 나있는 미스 진이 잊었을 리가 있나요?"

그러면서도 허 검사의 눈은 부드러웠다.

"잊었어요."

진옥희는 또박 말하고 입을 다물었다.

허 검사는 지나치게 진옥희를 자극하지 말라는 T교수의 말을 상기했다.

오늘 전부를 끝낼 수 없는 이상 상대방을 불안하게 해선 이 다음의 진행이 곤란하겠다는 생각이 들기도 했다.

화제를 바꿨다.

"미스 진은 대학을 졸업하면 어떻게 할 작정이세요?"

"아직은 모르겠습니다."

"대학원에 갈 생각 없으세요?"

"그런 생각 없습니다."

"미스 진 같은 수재가 중도에서 학업을 포기한다는 것은……"

"가능하면 다른 공부를 했으면 합니다만……"

"가령 어떤 공부를?"

"생각하고 있는 중이에요."

"미스 진은 법학자로서 자라 주셨으면 좋을 텐데."

하고 허 검사는 이 정도로 오늘은 끝내야겠다고 생각했다.

"그럼 가 보시도록 하세요."

진옥희는 다소곳이 일어서더니 공손하게 절을 했다.

"한데 또 언제쯤 나오실 수 있을까요?"

진옥희를 세워둔 채 허 검사가 물었다.

옥희의 얼굴이 단번에 흐려지는 것 같더니

"또 와야 하나요?"

"그럼요. 아무튼 현실제 군의 진혼절차鎭魂節次만은 밟아 두어야 되지 않겠소?"

"그럼……"

"내일 하루 쉬고 모레 하기로 합시다. 아침 일찍 나오시죠. 빨리 끝내야 하니까요."

그러면서도 허 검사는 부드러운 미소를 잊지 않았다.

다음 신문까지 하루의 사이를 둔 것은 허 검사에게 그럴 만한 이유가 있었기 때문이다.

허 검사는 관할 경찰서에 현실제와 진옥희가 식사를 한 호반의 식당에서의, 그 두 사람이 식사를 할 때의 상황을 되도록 소상하게 조사해 달라고 지시했고, 한편 수사관을 시켜 현실제와 R

재벌의 딸과의 사이에 있었던 혼담의 진행과정을 조사해 오라고 일러 놓았는데 그 결과가 내일 도착하기로 되어 있었던 것이다.

경찰의 보고에 의하면 호반의 식당에서 두 남녀 사이에 언쟁 비슷한 일이 있었다는 것이고, 수사관의 보고에 의하면 현실제와 R재벌 딸과의 혼담은 상당히 진척되어 있었고, 그 혼담의 당사자인 여자와 진옥희가 서로 만난 일조차 있다는 것이었다.

진옥희에게 대한 허 검사의 두 번째 신문은 예정된 날의 오전 10시부터 시작되었다.

"청평호반의 음식점에서 미스 진과 현실제 사이에 무슨 언쟁 같은 것은 없었나?"

허 검사의 첫 질문이었는데 진옥희는 검사의 말투가 전날과 달라져 있다는 사실을 깨달았다. 전날엔 깍듯이 경어를 쓰고 있었던 것이다.

그러나 그런 것에 구애받을 것 없었다. 진옥희는 조용히 대답했다.

"그런 일은 없었습니다."

"그런데 식당사람들의 말에 의하면 심한 언쟁을 하다가 현실제가 홧김에 소주를 청한 것 같더라고 하던데?"

언쟁은 분명히 없었다. 그래서 진옥희는 말했다.

"가끔 빈정거리는 말을 하긴 했죠. 그랬더니 그가 제풀에 흥분을 했어요. 그러나 언쟁은 없었습니다."

"무슨 소릴 하며 빈정거렸지?"

"판사나 검사가 되고 나면 되게 으스댈 것 아니냐고 했습니다."

"그뿐?"

"대강 그런 식의 얘기를 했을 뿐입니다."

그러자 허 검사는

"실례가 될지 모르겠습니다만 당신은 혹시 현실제 군을 사랑하고 있었던 것 아닙니까?"

하고 경어체로 바꾸었다.

"그저 친구였어요."

했으나 솔직한 감정은 '그 당시엔 오히려 미워하고 있었어요'라고 하고 싶었다.

"현실제 군에게 혼담이 있다고 들었지요?"

"들었습니다."

"그런 얘길 들었을 때 어떻게 느꼈습니까?"

"별다른 느낌이란 없었습니다. 굳이 말한다면 벌써 그런 세월이 되었구나, 하는 마음쯤은 있었을까요?"

"그게 정직한 말인가?"

"대강 그렇습니다."

"그 대강이란 말이 귀에 거슬리는군?"

하고 허 검사는 쓰게 웃었다.

"감정이나 느낌을 말할 땐 뭔가 어색하지 않아요? 그래서 한 말입니다."

한데 허 검사의 지적은 비교적 정확했다. 사실은 현실제의 혼담이 진행되고 있다는 얘기를 들었을 때 진옥희는 태연하지 못했다. 그러나 그것은 질투라고 하는 원색적인 것이 아닌 복잡한 마음의 굴절이라고 말할 밖에 없는, 그런 것이었다.

진옥희와 현실제 사이에 꼭 한 번 육체관계가 있었다.

이상형의 선고 공판이 있었던 날이다. 진옥희는 몇몇 학우들과 그 공판을 방청하러 갔었다. 그 가운데 현실제가 끼어 있었다.

재판이 끝난 시각이 오후 5시. 진옥희와 현실제는 무교동으로 나갔다. 괜히 한 잔쯤 술을 마셔 보고 싶은 기분으로 되었는데 현실제로부터 술을 마시자는 제안이 있었다. 두 사람은 어느 술집을 골라 들어갔다.

이상형의 문제가 자연 화제에 오를 수밖에 없었다. 얘기 가운데 이런 대목이 있었다.

"그 자와 나완 영원히 다른 길을 걸어야 해. 그게 쓸쓸해."

하는 현실제의 말이어서, 진옥희는

"검사로서의 인생과 피고로서의 인생으로서의 다른 길이란 그 말?"

하고 받았다.

그때 현실제가 이렇게 말을 이었다.

"그자는 단번에 영웅이 되고 싶은 거야. 그자의 정의감이란 건 결국 영웅의식일 따름이야. 순서를 밟아 출세한다는 것이 그에게 있어선 너무 지루한 거야. 한데 세상은 그런 풋내 나는 영웅주의를 용납할 만큼 호락호락하지 않았다, 이거야."

진옥희는 그 말에 다소의 타당성을 느끼긴 하면서도 한편 심한 반발을 느꼈다. 그것이 다음과 같은 말로 되었다.

"설령 그 정의감에 동조하진 못하더라도 사람을 그렇게 평해선 안 돼. 당신은 공리적으로만 해석하려고 드는데 그렇지 않은 일면도 있다는 것을 잊어선 안 돼. 살찐 돼지가 되기보다 여윈 소크라테스가 되길 원하는 사람도 있는 거야. 도대체 살찐 돼지가 여윈 소크라테스를 비판할 수가 있어?"

"아냐. 이상형은 여윈 소크라테스가 되려는 것도 아냐. 그 자도 결국 다른 방법으로써 살찐 돼지가 되고 싶은 거야. 아니면 살찐 돼지를 잡아먹고 사는 지배자가 되고 싶은 거야."

"자기 척도로 남을 재선 안 돼. 상형에겐 자기 자신만이 아닌 대중을 위하려는 정의감이 있어. 정열도 있고. 그건 순수한 거야. 순수한 건 순수한 대로 보아줘야지. 그의 비판 정신은 그를 추종할 순 없을망정 인정해 줘야 할 것 아냐."

"설혹 그렇다고 하자. 이상을 높이 걸어 놓고 현실을 비판하는 것이 좋다고 하자. 그러나 비판만으로 뭣이 되기라도 하나? 생활이 윤택해지기라도 하겠어? 물론 새로운 시대는 와야 하겠지. 그러나 그것과 어떻게 오늘을 살아야 하느냐는 것과는 달라. 꼭 혁명가가 되어야만 옳다는, 그런 빌어먹을 사상이 어딨어. 자본주의 사회에서도 얼마든지 훌륭하게 살 수가 있어. 자기 자신만을 위하지 않고 대중과 더불어 잘 사는 길이 얼마든지 있어. 정당한 수단으로 행복을 구축할 방법도 있어. 그런데 왜 그래. 난 앞으로 이상형을 동정하지 않을 거야. 오늘 그 꼴이 뭐야. 판사나 검사 앞에서 제법 같이 떠들어댄다고 철벽같은 나라가 끄덕이라도 할 것 같아? 그 녀석은 돈키호테도 아냐."

"사법 시험에 합격한 당신만 훌륭하고?"

이 말을 했을 때의 진옥희의 눈빛에 미움이 있었던 모양이다.

"당신, 이상형을 좋아하는구나."

하고 현실제가 말했다.

"물론."

진옥희가 힘주어 대답했다.

"당신 그를 사랑하지?"

"그럴지도 모르지."

술김에 한 말이지만 전혀 진실이 없는 말도 아니었다. 진옥희는 법정에서 이상형의 초라한 모습을 보며 평생을 저 사람의 옥바라지를 하며 살아도 좋겠다는 순간적인 감상을 가지기도 했던 것이다.

현실제는 돌연 흥분했다.

"상형은 이상주의자도 아냐. 스탈린처럼, 김일성처럼 권력을 휘두르고 싶은 거야. 호사를 하고 싶은 거야. 건전한 사상의 소유자도 출세의 계단을 한 칸 한 칸씩 걸어 올라가는데 그자는 한꺼번에 정상에 뛰어오르려고 덤비는 놈야. 그자가 말하는 정의니 이상이니 하는 건 수단일 뿐이야. 말짱 헛거야, 거짓이야."

"그는 출세주의완 멀어. 사람의 힘으로써 시정할 수 있는 불행이 이 세상에 존재하는 것을 그는 견딜 수가 없다고 했어. 그는 빈곤도, 감옥도, 겁내질 않아. 그는 자기의 이상을 위해 순절할 각오도 다 돼 있어."

하고 진옥희는 이상형이 기회 있을 때마다 들려준 말 가운데 가장 강력한 것을 골라 들먹였다.

그것이 또한 현실제를 자극했다. 따라서 그의 말이 이상형에 관해 과격해졌다. 진옥희는 어느덧 완전히 이상형을 대변하는 입장이 되어 버렸다. 드디어 해선 안 될 소리를 하게 되었다.

"당신이 상형과 친하게 지낸 건 전부 거짓이었군. 그가 모범학생 되길 포기한 그 순간부터 당신은 그를 좋아한 것 아냐. 라이벌로서의 의미가 없어졌으니까. 그가 패배자의 길을 스스로택해 버렸으니까. 당신은 당신의 승리를 확신하자 안심하고 그와 사귀게 된 것 아냐? 어때 내 말이 맞지? 당신은 오늘 승리자로서 회심의 웃음을 웃었을 테지. 그러나 성급한 승리감은 갖지 말아요. 인생은 끝까지 살아봐야 알아요. 죽었다고 해도 그만이 아네요. 역사의 증언이란 것도 있으니까."

그날 밤 현실제는 극도로 자존심을 상한 것 같았다. 연거푸 술을 마셨다. 비참할 정도의 몰골이 되었다. 그런 현실제를 두고 훌쩍 떠나 버릴 수가 없었다. 보채는 아이를 달래듯 부축하고 이 골목 저 골목을 쏘다니다가 통행금지에 걸려 근처 여관으로 들어갈 수밖에 없었다.

진옥희는 현실제가 정체불명할 만큼 취해 있었다는 것과, 깨었을 때의 그의 이성을 믿고 입은 옷 그대로 한방에서 쓰러져 잤다. 그런데 돌연 새벽녘에 습격을 받았다. 진옥희는 물론 완강하게 저항했다.

하나 그 저항의 범위는 이웃방의 손님을 깨우지 않을 정도라야만 했다. 드디어 항복하고 말았는데 항복할 때 진옥희의 의식에 떠오른 상념은……

부득이하다면 현실제와 결혼해도 무방하다는 것과, 이상형은 자기의 손에 이르지 못하는 딴 곳으로 가 버렸다는 마음이었다.

그렇게 해서 진옥희는 아무런 감동도 없이 현실제에게 순결을 바쳐 버린 것이다.

진옥희는 여자의 순결에 대단한 의미를 부여하고 있었던 것은 아니지만, 거의 억지를 써서 순결을 뺏은 남자로선 응분의 책임을 져야 할 것이란 생각만은 있었다. 그 행위의 전후 "사랑한다"는 말과 더불어 "널 이상형에게 줄 순 없다"고 지껄이기도 했으니까.

그런데 그 후 현실제는 그날 밤의 일을 어쩌다 저지른 불장난으로 취급해 버리려는 태도를 취했다. 자존심이 강한 진옥희는 굳이 그런 태도를 탓할 의사가 없었다. 그저 현실제의 행동을 지켜보았을 뿐이다. 임신의 징조가 없었던 것이 다행이었다. 차츰 진옥희의 가슴에 현실제를 경멸하는 마음이 괴기 시작했다. 반대로 이상형을 그리는 마음이 가꾸어져 갔다.

이러던 차에 R재벌의 딸과 현실제와의 사이에 혼담이 진행 되고 있다는 애기를 들었다. 그때의 반응을 질투라고 하는 원색적인 것이 아닌, 복잡한 마음의 굴절이라고 한 것은 이와 같은 경위가 있었기 때문이다.

"혼담이 있다는 애기를 듣고도 별다른 감상이 없었는데 무엇 때문에 혼담 중에 있는 그 여자를 만났지?"

허 검사는 되도록이면 R재벌의 딸 이름을 발음하지 않으려고 마음을 썼다.

진옥희는 잠시 생각하지 않을 수가 없었다.

'왜 내가 그 여자를 만나려고 했지? 분명 질투는 아니었구. 현실제의 장래를 추측해 보기 위한 호기심? 얄궂은 관심?'

이런 생각이 답변으로 될 순 없었다.

"단순한 호기심이었겠죠."

"만나서 무슨 애기를 했습니까?"

허 검사의 말이 경어로 바뀌었다.

"같이 간 친구와는 애기가 있었는데 전 아무 말도 하지 않았어요."

하며 진옥희는 화려하게 꾸민 어느 모로 보나 부잣집의 귀염둥이로 자란 듯싶은 얼굴과 맵시를 가진 R재벌의 딸을 상기했다. 한마디로 말해 별세계의 사람들이었다. 의상이나 화장에 전력투구하고 있는 것 같은 그런 생활방식이나 마음가짐은 진옥희완

전혀 무연無緣한 것이다.

"그 여자를 만나본 소감은?"

"이런 여자도 세상에 살고 있구나 하는 기분 이상도 이하도 아니었어요."

허 검사는 그 문제를 좀 더 파고들까 하다가 그만두고 다음 신문으로 옮아갔다.

"보트를 타자고 한 것은 누굽니까?"

"접니다."

"상대방이 술에 취해 있었는데 보트를 타면 위험하다는 생각은 안 해 봤나요?"

"그런 생각 안 했어요."

했을 때 옥희의 뇌리를 스치는 것이 있었다. 보트를 타자고 하고 보트가 있는 곳으로 걸어가고 있을 때, 분명히 옥희는 혹시 보트가 뒤집히는 일이 있을지 모른다는 생각을 했었다. 그러나 그런 상념은 자동차를 탈 때 자동차의 사고, 비행기를 탈 때 비행기의 사고를 얼핏 뇌리에 띄워 보는 인간의 습성에 지나지 않았다.

"보트를 타고 나서 제일 처음 한 말이 뭐였소?"

이에 대한 대답도 약간 생각해야만 했다.

"수영할 줄 아느냐고 물었죠."

"누가? 당신이?"

"예."

"그랬더니?"

"전혀 수영을 못한다는 얘기였습니다. 그래서 그럼 더욱 조심해야겠다고 했지요."

"그랬더니?"

"이 정도의 물살이면 보트란 그렇게 쉽게 뒤집히지 않는다고 하더군요."

"누가 저었습니까?"

"교대해 가며 저었습니다."

"배 위에선 주로 무슨 얘길 했습니까?"

"여러 말이 있었죠."

"대강만이라도 말해 봐요."

"청평호가 너무나 아름답다는 얘기, 물 밑에 묻혀 버린 마을의 얘기, 그 마을사람이 배를 타고 이 호수를 지나면 생각이 어떨까, 하는 얘기……"

"그 밖엔?"

그 밖의 얘기는 하기가 싫었다. 현실제는 배가 호심湖心 근처에 갔을 때 뚜벅 말했다.

"용서해 줘, 진 군."

말뜻을 알고 있었지만, 옥희는

"뭣을?"

하고 되물었다.

"있잖아, 왜."

현실제는 어색하게 웃곤

"사실은 오늘 그 일에 결말을 지으려고 놀러 가자고 한 거야."
하는 말을 보탰다.

그 일이란 무교동 어느 여관에서의 일일 것이었다.

"그래 어떻게 결말을 내련?"

"잊어 줘."

"그렇게 쉽게?"

진옥희는 노골적으로 불쾌한 얼굴을 하며 마음에도 없는 소릴 이렇게 했다.

"부탁이야."

현실제는 능글능글 웃었다.

진옥희는 그때 현실제에 대해 맹렬한 미움을 느꼈다. 그 미움이 이글거리는 가슴속에 이상형의 모습이 떠올랐다.

'우리는 지금 보트놀이를 하고 있는데 그는 지금 무엇을 하고 있을까, 이 화창한 날씨에……'

진옥희는 이상형의 모습을 안저眼底에 고정시키는 마음으로 되었다.

그러니 현실제와 얘기를 할 동안 이상형의 얼굴이 언제나 옥희 눈앞에 있었다.

"그 부탁 안 들어 주면?"

현실제는 답이 없었다.

진옥희는 문득 디오도어 드라이저가 쓴 소설《아메리카의 비극》에 있는 한 장면을 연상했다. 부잣집 딸과 결혼하기 위해서 가난한 애인을 호수에서 죽이는 장면이다.

'내가 그 결혼에 반대한다고 하면 현실제는 그 아메리카의 청년처럼 나를 죽이려고 할까?' 하고 현실제를 보는데 그의 얼굴엔 잔인한 성품을 나타낸 곳이란 없었다.

'잔인한 성품이 얼굴에 나타나는 것일까? 쥐도 죽일 수 없을 것 같은 사람이 예사로 사람을 죽인 일이 있다는데……'

하기야 현실제가 자기를 죽이려고 해보았자 수단이 없을 것이었다. 위험을 느낄 땐 물에 빠져 버리면 그만일 테니까.

"뭘 생각하고 있지?"

진옥희의 표정을 읽었던 모양으로 현실제가 물었다. 그 말엔 대답하지 않고 진옥희는

"현 군은 사람을 잘못 보고 있는 것 같다."

고 했다.

"그건 무슨 뜻이지?"

"내가 당신 결혼에 반대할 줄 알았어?"

"그런 건 아니지만 나로선 모든 일을 분명히 해두고 싶어서."

"그래서 나더러 그날 밤의 일을 잊어 달라는 거야?"

"……"

"난 잊지 못해. 더러운 기억으로서 잊지 못하겠어."

"용서해 줘. 용서해 주면 더러운 기억도 씻어 버릴 수가 있지 않겠어?"

"내가 무슨 질투나 하고 있는 것 같아?"

"그렇게 생각하고 있지 않아."

"그렇다면 내 말을 똑똑히 들어요. 나는 그날 밤 일을 잊지도 않을 거고, 용서하지도 않을 거고, 당신의 결혼을 반대한다거나 방해하지도 않을 거야. 다만 부탁이 하나 있어. 결코 승리자인 척하지 말어."

"내가 언제……"

"당신은 인생이 당신 마음대로 다 될 것처럼 생각하고 있겠지만……"

"난 그렇게까진 생각하지 않아."

현실제는 성이 나 있었다.

그 성난 얼굴과 말투가 진옥희의 감정을 자극했다.

"마음대로 다 되진 않아도 3분의 2쯤 되리라고 믿고 있지? 나는 그 자신自信을 부숴 놓고 싶어."

"흥 어떻게?"

진옥희는 현실제에 대해 살의殺意에 가까울 만큼 미움을 느꼈다.

"당신은 내가 당신의 결혼을 방해하려고 하면, 그리고 감쪽같은 방법만 있다면 날 이 청평호에 차 넣어 버리고 싶지? 하나 그렇겐 안 될 걸."

"무슨 말을 그렇게 해."

현실제는 겁에 질린 표정이 되었다.

'형편없는 겁쟁이군.'

진옥희는 속으로 웃었다.

"안심하고 노나 저어요. 내가 너한테 죽지도 않을 거고 나도 죽일 생각은 없으니까."

'당신'을 '너'라고 바꿔 이렇게 뱉어 놓고 나니 진옥희의 마음이 후련했다. 말을 하면서도 쉴 새 없이 젓고 있었던 때문에 다른 보트들이 몰려 있는 곳이, 호수 가운데로 뻗어 나와 있는 동산의 저편으로 가려져 있었다.

그러자 작은 모터보트 한 척이 전속력으로 북쪽으로부터 달려오더니 비말을 올리곤 순식간에 시야 밖으로 사라져 버렸다. 호수 위엔 석양이 비치고 있었다. 무지갯빛의 무늬가 호변에 한들거렸다.

"그 밖에 한 얘기가 뭐였는지 좀 더 말해 봐요."

허 검사의 말이 귓전에 울렸다.

"아마 친구들 얘기도 했을 겁니다."

이때 진옥희의 염두에 있었던 건 이상형이었지만,

"어떤 친구들 얘기였소?"

하는 신문엔

"같은 과에 있는 친구들 얘기죠, 뭐."

하고 얼버무렸다.

"그 얘길 해봐요."

"학생 가운덴 철저한 현실주의자가 있어요. 맹렬한 출세주의자도 있구요. 그런가 하면 소수이긴 하지만 열렬한 이상주의자가 있죠. 정의감에 불타는…… 조그마한 부정도 용인하지 않으려고 하는…… 패배자로서의 숙명을 짊어지고 있는 사람들이죠."

"미스 진은 어느 쪽에 속한다고 생각하는가?"

"이상주의자가 되기엔 정열이 모자라고 현실주의자가 되기엔 계산이 부족한 것 같아요. 정의감이 없진 않지만 용기가 없구요. 앞으로 인생을 어떻게 살아갈까 그것이 걱정입니다."

"그런 허무적인 기분이 된 데 현실제 군의 죽음으로 인한 충격의 탓도 있겠지?"

조금 생각하고 나서 진옥희는 말했다.

"이상한 일이지만 그의 죽음으로 인한 충격은 그다지 크질 않아요. 허망하다는 기분밖에요."

"양심의 가책도 없구?"

허 검사의 싸늘한 말에 진옥희는 등골이 오싹하는 것을 느꼈다. 그러나

"양심하고 무슨 관계가 있겠어요?"

진옥희는 가까스로 감정을 진정하고 허 검사에게 되물었다.

"따지고 보면 현실제의 죽음은 미스 진에게 책임이 있는 것 아냐? 청평엔 가자는 권유, 상대방을 흥분시켜 술을 과음케 한 권유, 술 취한 사람을 억지로 보트에 태운 권유, 모두가 결과적으론 그의 죽음에 대한 권유가 아니었던가? 그래도 양심과 관계

가 없어?"

"그런 해석도 있었군요."

진옥희는 쓸쓸하게 웃곤 덧붙였다.

"권유라는 데 악센트를 둔다면 그날의 놀이는 그가 권유한 겁니다."

"증인이라도 있나?"

허 검사의 말은 쌀쌀했다.

"제가 증인이에요."

"그것을 어떻게 믿어."

"제 말을 믿을 수 없다면 뭣 때문에 꼬치꼬치 묻는 거죠? 전 절대로 피의자일 수가 없어요. 검사님 말마따나 현실제 군의 진혼절차를 밟는 데 협력하고 있을 뿐이에요."

진옥희는 언성이 높아지려는 것을 참으며 또박또박 말했다.

허 검사는 의자를 돌려 옆눈으로 진옥희를 쏘아보며 말했다.

"말해 두지만 당신은 피의자로서 거기 앉아 있는 거야."

"……"

"그러니까 앞으론 그런 요량으로 대답을 해요."

"……"

"보트를 타자고 할 때 현실제는 뭐라고 했어?"

"안 타도 되지 않느냐고 했습니다."

"그래서 뭐라고 말했나?"

"청평 와서 보트 안 타는 건 영화관에 가서 영화 안 보고 나오는 거나 마찬가지라고 했습니다."

"그래 억지로 태웠지?"

"말은 그렇게 했지만, 타기 싫으면 그만두자고 했어요. 그런데도 그가 먼저 보트에 올랐습니다."

법과대학생인 만큼 진옥희는 상황으로 봐서 자기가 피의자일 수밖에 없다는 것과 심리적으로 피의자일 수 있다는 자기의 위치를 깨달았다.

"보트가 전복되었을 때의 상황을 설명해 봐요."

허 검사는 담배를 피워 물었다.

진옥희는 되도록이면 정확하게 그때의 상황을 그려 보려고 애썼다.

……

"아까 너, 나 자신을 부숴 놓고 싶다고 했는데 그건 무슨 뜻이지?"

한참만에야 이런 말을 하며 현실제는 진옥희를 쏘아보았다.

"방법은 얼마든지 있지, 하려고만 하면."

"넌 법률이 날 보호하고 있다는 사실을 모르나?"

"기막힌 법률 지상주의자로군."

"만능주의자도 좋고 지상주의자라도 좋아. 하여간 내 전도에 지장 있는 짓은 하지 말어. 법률은 그리 호락호락한 게 아냐."

"너무 자신 갖지 마. 내가 한다면 법률로써도 어떻게 못할 방법을 쓸 테니까. 그러나 걱정 말아요. 나는 너 같은 것 상대로 시

64

간이나 정력을 낭비할 생각이 없으니까."

"너 같은 것?"

"그렇지, 너 같은 거지. 그래 잘못 됐나?"

"너 언제부터 날 그렇게 미워하게 됐지? 다른 여자하고 결혼
한다고 듣고?"

"천만에. 짧은 동안이었지만 너와 결혼해도 무방하다는 생각
을 했었지. 그런 생각을 해본 나 자신을 나는 용서할 수 없는 기
분이 되어 있어."

"그렇게 날 미워하나?"

"지금은 미워하기조차도 안해. 오직 경멸할 뿐야."

"내가 그날 밤 한 짓이 그렇게 비위에 거슬려?"

"그 말은 하지도 마. 흉악범에게 강간당했다고 치고 있으니
까."

"흉악범이라고?"

"그렇지."

"난 지난 일을 말끔히 씻어 버리고 친구가 되려고 했는데 네
마음이 그처럼 토라져 있다니 유감이군."

"난 유감 없어."

"용서도 안 하고, 잊지도 않는다고 했는데 구체적으로 어떻게
할 참야?"

"그게 걱정이 돼? 아까도 말했지만 절대로 결혼을 방해하는
따위의 짓은 안 할 테니까 안심해. 단 할 일이 있어."

"글쎄 그게 뭔데?"

"내가 강간당했다는 사실을 상형에게 솔직히 고백하고, 평생 그의 옥바라지나 시켜 달라고 엎드려 빌 거야."

"뭐라구?"

현실제의 얼굴이 무섭게 일그러졌다.

"난 꼭 그렇게 할 테다."

"너 그처럼 이상형을 사랑했나?"

"사랑했어. 지금도 사랑하구……"

진옥희는 진실로 이상형에 대한 사랑을 확인하는 마음으로 되었다.

"믿어지지 않는군."

"믿건 말건 이상형은 적어도 인격을 가지고 있어. 세상에 무엇이 가장 중요한 것인가를 알고 있어. 그런데 넌 형편없는 속물이야, 돼지야."

"참고 참고 있으니까 이게."

하고 보트를 젓고 있던 노 한 짝을 현실제가 빼들고 옥희에게 덤볐다.

그때 보트가 한쪽으로 기울었는데 내리치려는 노를 피해 진옥희가 급격하게 몸을 젖힌 곳이 같은 방향이었다. 동작과 함께 보트는 뒤집어졌다.

보트를 뒤엎을 의도가 그때 진옥희의 심중에 있었던가? 있었다고도 할 수 있고, 없었다고도 할 수 있었다. 여하튼 보트는 뒤

집어져 버린 것이다.

진옥희는 "악" 하는 현실제의 소리를 들은 것 같았지만 뒤돌아보지 않고 허겁지겁 헤엄을 쳤다. 물 표면은 따뜻했으나 조금 밑은 차가웠다. 계절은 아직 여름으로 남아 있는데 수온은 벌써 가을이었던 것이다.

얼만가를 헤엄쳐 나온 뒤에야 돌아보았다. 보트는 아래쪽으로 뒤집힌 채 흘러가고 있었다. 보트의 언저리라도 현실제가 붙잡지 않았나 하고 보는데, 사람의 그림자는 없었다. 그때야 당황한 마음이 생겼다.

보트 근처에서 현실제의 머리가 솟은 듯했지만 곧 보이지 않게 되었다.

'그는 헤엄을 못 친다'는 생각이 선뜻 났다.

현실제의 머리가 보이던 곳으로 헤엄쳐 갔다. 보트가 흐르고 있는 근처에서 다시 현실제가 솟아올랐다가 사라졌다.

그때 진옥희는 고함을 질렀다. 손을 흔들었다. 마침 근처로 지나가던 모터보트가 있었다. 옥희는 방향을 가리키고

"저기 떠내려가는 사람이 있어요."

하고 외쳤다.

다행히도 모터보트가 현실제를 끌어올렸다. 인공호흡을 했으나 허사였다. 그의 죽음이 확인되었는데도 옥희의 가슴엔 아무런 감정도 얻지 않았다. 허탈한 기분이었을 뿐이다. 허탈한 눈을 한 채 중얼거리고 있었다.

"법률이 보호해 줄 것이라더니……"

이렇게 그 장면을 회상해 보니 진옥희는 자기 마음속의 어느 곳에 살의가 있었던 것이 아니었던가 싶었다. 설혹 살의가 없었다고 해도 현실제의 죽은 원인과 동기는 자기에게 있다는 짐작이 들기도 했다.

아슴푸레 마음의 은밀한 곳에서 이상형을 제쳐놓고 현실제가 승리자일 수 없다는 속삭임이 있었다는 기억이 스멀거렸다. 참으로 법률이 널 보호해 주는가 한번 봐 보자는 빈정거림도 있었을지 모른다……

그러나 진옥희는 이렇게 진술하지 않았다. 적당하게 상황을 꾸며 말했다.

허 검사는 담배를 비벼 끄고 일어서서 창밖을 보며

"나는 이렇게 이야기를 꾸몄으면 좋겠어."

라고 전제하곤,

"진옥희와 현실제는 법과대학 한 반 학생으로 친숙한 사이로서 어느덧 연애관계가 맺어졌다. 그런데 현실제가 고등고시 사법시험에 합격하자 모 부호의 딸과의 사이에 혼담이 진행되었다. 진옥희는 불쾌한 마음이 되었다. 어느 날 진옥희는 가능하다면 현실제의 마음을 돌이켜볼 작정으로 청평에 놀러가자고 현실제를 꾀었다. 현실제도 얼마간의 마음의 부담이 있는 것이어서 그 권유마저 물리칠 수 없었다. 진옥희는 호반의 식당에서 현실제에게 애원도 해보고 추근거려 보기도 했다. 현실제는 진옥희

68

의 끈덕진 태도에 화를 내어 맥주에 소주를 섞어 마셨다. 그 후 진옥희는 싫어하는 현실제를 강제로 보트에 태웠다. 그러고는 되도록이면 사람의 눈에 보이지 않는 후미진 곳으로 저어 갔다. 배 위에서도 진옥희의 호소가 있었다. 끝끝내 말을 들어 주지 않자 진옥희는 돌연 살의를 느꼈다. 진옥희는 현실제가 수영을 할 줄 모른다는 사실을 잘 알고 있었다. 주변에 보는 눈이 없다는 것을 확인하자 진옥희는 뱃전을 강하게 밟아 보트를 전복시켰다. 수영을 잘하는 진옥희는 살려 달라는 현실제의 아우성을 못 들은 척하고 헤엄쳐 나오다가 지금 건져 내어도 끝장이 나 있으리라고 짐작이 되는 시간, 지나가는 모터보트를 향해 구원을 청했다. 어때 이 스토리는?"

허 검사는 정면으로 진옥희를 쏘아보며 의자에 다시 앉았다. 듣고 있는 도중 마음을 가다듬을 수가 있었으므로 진옥희는 조금도 동요하지 않았다.

진옥희는 조용히 말했다.

"그렇게 하는 것이 현실제 군의 진혼절차가 된다고 믿으신다면 협력해 드리겠어요."

그리고 마음속으로 계산해 보았다.

'내가 죄의식을 갖는다면 어떻게 현실제를 살릴 수도 있었을 것을 그러지 않았다는 부분밖에 없다. 그것도 좀 더 침착했더라면 하는 단서를 붙여서다. 그로 인해 유죄관결을 받는다면 길어도 5년? 또는 3년? 실형을 받는데도 이상형의 출옥과 거의 동시

일 수가 있다······'

허 검사는 볼펜의 대가리로 탁자 위를 딱딱 때렸다.

"그게 할 말 전부야?"

설혹 애정 관계는 없었다고 해도 엊그제 친한 친구가 자기의 책임이 없지도 않은 상황에서 죽었는데, 그 충격의 흔적도 슬픔의 흔적도 없는 진옥희의 평정한 얼굴을 바라보며 허 검사는 다짜고짜 기소해 버리고 싶은 충동이 치미는 것을 느꼈다.

"별로 더 할 말 없습니다."

"경찰청에 이렇게 나와 취조를 받고 있으니 불쾌하지?"

"불의의 사고로 죽은 사람도 있는데요."

"법률에 흥미를 잃었다고 했는데 혹시 법률에 겁을 먹은 것 아닐까?"

"······"

허 검사는 진옥희가 보기 드문 수재라는 사실을 상기했다. 수재는 그만큼 냉혹하다는 감상도 가졌다. 총명한 두뇌와 차가운 심성을 그냥 그대로 조각해 놓은 것 같은 진옥희를 한참 동안 바라보고 있다가 허 검사는 이윽고 단斷을 내렸다.

"돌아가시오. 혹시 앞으로 또 부를 일이 있을지 모르지만 아마 이 일로 부르진 않을 거요. 마지막으로 후배에게 선배로서 한마디 하겠소. 형벌은 꼭 감옥에서만 받아야 하는 것이 아니오. 양심의 감옥이란 것도 있소. 이 사건엔 반드시 당신이 책임져야 할 죄의 부분이 있소. 다만 그걸 법률로썬 다루지 않겠다는 것뿐이오. 그건 미스 진의 양심에 맡기겠소."

　검찰청의 뜰엔 벌써 가을의 빛이 있었다. 현관으로 나와 잠시 걸음을 멈춰 그 가을빛을 바라보는 마음이 되었는데 여학생을 섞어 5, 6명의 친구 학생들이 저편 벤치에 앉았다가 일어서서 달려오는 것이 보였다.

　그런 만큼 진옥희는 고독하지 않았던 것이다.

　그날 밤, 진옥희는 일기에 다음과 같이 썼다.

　— 이래저래 내 무구했던 인생에 하나의 흑점이 찍혔다. 그러나 나는 참되게 진실하게 살아갈 것이다.

　내일 나는 이상형을 면회하러 가야겠다. 가서 다음과 같이 말하리라, 내 사랑을 원하지 않느냐고. 그는 대답하리라, 절실하게 원한다고. 그럼 나는 다음과 같이 그에게 간청할 것이다. 인생 활동할 수 있는 시간의 스팬을 30년으로 잡으면 3년간을 희생한다는 것은 생명의 10분의 1을 희생하는 셈이다.

　오늘날 우리의 형편에 그 희생으로도 대단하지 않은가. 앞으론 이 체제 내에서 잘 살 수 있도록 노력해 보자꾸나. 이 체제 내에서도 얼마든지 정의롭게 행복하게 살 수 있다는 것을 우리의 노력을 통해 증명해 보자꾸나.

　진리는 먼 곳에 있는 것도 아니고, 우리 바깥에 있는 것도 아니다. 우리가 우리의 생활을 깨끗하게 건설해 나가는 데 있다. 엄청난 걸 바라지 말자. 일시에 인류를 행복하게 할 어떠한 사상도 어떠한 방법도 없는 것이 아닌가.

저마다 스스로를 행복하게 해나가되 남에게 손해주지 않도록 경계하면 그만큼 인류를 위하는 것이 된다는 겸손한 사상을 익히자. 잠잠한 밤에 산속을 지날 때 호롱불로 창을 밝혀놓은 작은 집을 본다. 그 호롱불은 작고, 비치는 범위는 얼마 되지 않지만 그 존재만으로 사람이 살아 있음을 증명하고, 때문에 보는 사람의 마음을 따스하게 하고, 방향을 찾지 못하는 사람에게 용기를 준다. 우리는 그 한 개의 호롱불이면 되지 않을까. 인류의 밤에 있어서의 한 개의 호롱불! 그 이상을 원하는 것은 월권越權이다. 그리고 현실제가 두고 쓰는 문자 가운데 꼭 하나 버리지 못할 말이 있다. 현실을 이기는 자만이 이상을 설設할 수 있다는 게 그것이다. 이렇게 말하면 상형은 나의 말을 들어줄 뿐 아니라 마음으로 동의하겠지.

그때부터 우리 둘의 인생이 시작된다. 3년 후 그가 출옥하면 리어카를 한 대 사지 뭐. 그는 끌고 나는 밀고 그렇게 해서 하루하루를 주옥을 엮듯 살면 되지 않겠는가. 내일 상형을 만나보고
……

까지 써 놓고 한참을 있다가
'모레는 청평에 가야지' 하고 펜을 놓았다.

하나의 젊은 생명을 삼키고도 청평호는 가을의 태양을 그 거창한 규모 가득히 안고, 초가을의 정취에 물들어 그날도 수려수발秀麗秀拔하기만 했다.

청평호는 웅대한 사상이었다.

청평호는 웅대한 예술이었다.

웅대하면서도 치밀한 풍광.

이 풍광 속에서라면 죽어 아까울 것이란 없을 것이 아닌가. 진옥희의 죄의식이 그 풍광을 배경으로 선명하게 나타났지만 고통으로까진 번지지 않았다.

내가 만일 살인자이면 이 청평호는 나의 공범이 아닌가, 하는 짓궂은 상념이 떠오르기조차 했다.

'그러나 나와 현실제의 죽음과엔 아무런 관련도 없다. 그는 그가 좋아하고 믿었던 법률이 절대로 보호할 수 없는 인생의 국면이 있다는 것을 스스로 증명하기 위해서 죽은 것이다. 아무리 능숙한 계산의 능력을 가졌더라도 세상은 마음대로 안 된다는 것을 증명하기 위해 죽은 것이다.'

그런데 아들의 시체가 들어 있는 초라한 관柩 앞에 엎드려 몸부림치며 우는 늙은 국민학교 교장의 뒤통수에 헝클어져 있던 머리칼이 눈앞에 선하게 떠오르자 진옥희는 호반의 풀밭에 쓰러져 버렸다. 흘러내리는 눈물을 감당할 수가 없었다.

"나는 어떻게 하건 이 현실 사회에서 승자가 되고 말 테다. 승자가 되고 난 후에 나는 이상을 찾을 테다. 현실에 이긴 사람이 아니고선 이상을 설할 자격이 없다."
고 자신만만하던 현실제!

　그 아들에게 꿈을 위탁하고 무슨 굴욕이라도 참아왔을 늙은
아버지!

　청평호의 그 수려수발한 풍광도 그 속에 몸부림치며 통곡하는
늙은 아버지의 뒤통수에 헝클어진 머리칼이 점경點景으로 끼었
을 때 돌연 회색으로 바래진 황량한 사막으로 변했다. 진옥희를
겨우 일으켜 세운 것은 호롱불의 사상이었다.

　"호롱불의 사상! 나쁘진 않군, 좋은데 좋아."
하고 기뻐하던, 어제 철망 너머로 본 이상형의 얼굴이 진옥희의
가슴에 호롱불을 켰다.

　그 호롱불의 사상이 아니었더라면 진옥희는 곧바로 청평호의
물속으로 걸어들어 갔을지 모른다.

　그러나 만일 내가 진옥희를 만나는 날이 있다면 다음과 같이
말할 참이다.

　"호롱불의 사상? 그것은 거년去年의 곡曲일 뿐이다."

* 《월간조선》 1981년 11월

아무도 모르는 가을

아무도 모르는 가을

만발한 꽃처럼 황홀한 회상이 있다.

단풍의 정감으로 다소곳한 회상이 있다.

비가 내리고 있는 회상, 안개가 끼인 회상이 있다. 회상과 더불어 인생은 있다. 그 대표적인 인생이 마르셀 프루스트의 인생이 아니었을까. 꽃피는 처녀處女의 그늘에 그의 회상은 있었다.

회상이란 물리적 시간과 심리적 시간이 엮어 놓은 심상心象의 드라마라고 할 수 있다. 기억력은 물리적 시간의 내용을 살피고 정감은 심리적 시간의 빛깔을 더듬는다.

그런 까닭에 그때 그 장소엔 있지도 않았던 꽃이 또는 단풍이 회상의 언저리를 장식하고, 내리지 않았던 비가, 끼지도 않았던 안개가 작용하게도 되는 것이다. 뿐만 아니라 당시엔 알 수 없었던 갖가지 의미가, 세월에 따른 풍화風化로 나타나는 지층처럼 발견되기도 해서, 희미해진 기억력이 뜻밖에도 극채색極彩色을 띠고 되살아나기도 한다.

윤효숙과 윤효준에 대한 회상을 적으려 하니 이러한 넋두리가 되지 않을 수 없는 덴 그만한 까닭이 있는 것이다.

그 무렵 내게 있어서 사건은 언제나 4월에 그 발단을 잡는 것이 보통이었다. 무슨 대단한 이유가 있어서가 아니다. 당시 우리의 신학기가 시작되는 달이 4월이었던 것이다.

윤효준이 나의 하숙을 찾아온 4월의 아침을 나는 어제 일처럼 선명하게 기억하고 있다. 동경東京의 봄은 4월이면 무르익는데 내가 거처하는 2층의 창 높이에까지 뻗어 오른 목련이 풍려한 꽃을 송이송이 달았고, 그 꽃송이 사이를 누벼 방 안으로 흘러들어 온 미풍이 그날 아침 따라 신선하고 그윽하게 향기로웠다.

내 하숙을 찾은 지가 처음인 윤효준은 동행해 온 사람을 소개하길 잊고 창틀 근처에서 하늘거리고 있는 목련꽃을 잠깐 바라보고 있더니

"좋은 하숙이군."
하고 중얼거렸다. 목련꽃이 아름답다는 뜻일 것이었다.

윤효준이 동행해 온 사람은 아직 소녀티가 가시지 않은 속발束髮의 처녀였다. 아른거릴 정도로 하얀 얼굴빛이었고 눈은 둥글고 맑았다. 흰 블라우스와 곤색 스커트가 촌스러울 만큼 소박한 것이 그녀의 기품을 돋우고 있었다.

"인사하지."

윤효준의 말이 있자 처녀는 깊게 머리를 숙여 절했다. 가르마 길이 청결했다.

"내 팔촌 누이동생이다. 윤효숙이라고 하지. 이번 동경여의전 東京女醫專에 입학했어. 자네 얘긴 오는 길에 대강 해두었다."

"여의전에 입학할 정도이니 수재이군."

하고 나는 미소를 지었다.

그러나 윤효숙은 나의 미소에 전연 반응을 보이지 않았다. 시선은 팔촌오빠 쪽으로 가 있었다. 꽤나 수줍어하는 성미라고 나는 생각했다. 그래서 내가 아는 여학생이 현재 동경여의전에 다니고 있다는 말을 하려다가 그만두었다.

"효숙은 평생을 나환자를 위해 헌신할 각오로 여의전에 입학했다는 거다. 대단하지?"

효준의 말엔 약간 빈정대는 투가 없지 않았다.

효준이 말을 계속했다.

"있지 왜 그것 《소도小島의 봄》이란 책. 그걸 읽고 감격했다는 얘기야. 원래 메지로여대目白女大에나 갈 참이었던 모양인데."

《소도의 봄》이란 책은 평생을 나환자를 위해 바친 어느 여의 사의 수기로서 지난해 이래 일본의 독서계에 센세이션을 일으키고 있었다.

"감수성이 예민하신 거로구먼요?"

하고 내가 물었다.

"효숙 씨는 나환자를 직접 보신 적이 있기라도 합니까?"

효숙은 보일락 말락 한 웃음을 떠었을 뿐 대답은 없었는데 그 눈은 여전히 자기 오빠 얼굴만 보고 있었다.

"효숙아, 얘기를 해보렴. 앞으론 나허구보다도 이 군과 더 친하게 지내는 게 여러 가지로 유리할 게다. 나는 법률공부를 하고 있으니 말동무가 되질 않아. 이 군은 철학공부를 하고 있으니까 배울 게 많은 것 아닌가."

윤효준이 이렇게 말했지만 효숙은 입을 열지 않았다. 내 쪽으로 시선을 돌리지도 않았다. 부신 듯 자기 오빠 얼굴만 보고 있을 뿐이었다.

그렇게 되니 자연 얘긴 나와 윤효준 사이에만 오갔다. 그러나 그때 무슨 얘길 주고받았는지 기억이 소상하질 않다.

아무렴 40년 전의 일인 것이다.

그 후 여러 차례 만났을 것으로 기억하는데 나는 윤효숙이 말하는 것을 들은 적도 본 적도 없다. 뿐만 아니라 한 번인들 나를 눈여겨본 적이 있었던 것 같지도 않다.

"자네 누이동생은 설마 벙어린 아닐 테지?"

하고 물은 적이 있다.

"수줍어서 그래. 나와 단둘이 있으면 나는 언제나 듣는 역할이지. 머리가 좋은 탓이겠지만 워낙 감수성이 예민하니까 사물을 관찰하는 눈이 매서워. 얘기가 재미있기두 하구. 익숙해지면

말문을 틔울 거다."

효준의 대답은 이랬지만 효숙은 끝끝내 나에게 말문을 틔우지 않았다.

그런데 윤효준은 효숙의 관심이 내게로 쏠리도록 무척 신경을 쓰고 있었다는 사실을 나는 알고 있다. 입 밖에 내진 않았지만 효준은 나와 효숙 사이에 연애가 이루어져 결혼할 수 있게 되었으면 하는 희망까지 품고 있었던 모양이다.

이런 일이 있었다.

가을의 어느 일요일이었는데 르네 크레르가 감독한 영화 〈파리제巴里祭〉가 상영되고 있는 극장엘 세 사람이 갔다. 영화가 시작되기 직전 효준은 내게 살짝 귀엣말을 했다.

"바쁜 일이 생각나서 나는 중간에 갈지 모르니 효숙일 잘 부탁한다."

관내에 들어가선 효준이, 효숙을 먼저 앉히고 그다음에 나를 앉히고, 내 다음에 자기가 앉았다가, 영화가 한창 클라이맥스에 이르자 살큼 빠져나갔다. 미리 들어 둔 말이 있었기 때문에 나는 가만있었다. 효숙은 당장 눈치를 챈 모양이었다. 효준이 나간 후 10분쯤 되었을까. 효숙은 내겐 한마디 말도 없이 나가 버렸다.

그녀에게 대한 관심이 없었던 바는 아니었지만 이러한 태도에 접하고 보니 짝사랑을 가꿀 여지조차도 없었다. 연애를 하기도 전에 실연한 것 같은 야릇한 감정의 존재를 알게 된 것은 윤효숙의 덕택이었다.

그런 일이 있고부턴 윤효준이 효숙을 데리고 나타나는 일이 드물게 되었다. 자기의 공작이 무망하다는 것을 알고 효준이 자발적으로 한 결정인지, 효숙이 거절한 때문인지 알 수는 없었다. 아무튼 윤효숙이 내 앞에 나타나질 않았다.

그리고 어언 1년쯤 흘렀을 때의 일이다. 윤효준이 학교로 나를 찾아왔다.

교정 한구석의 벤치에 앉자마자 효준이 대뜸

"자네 베라 피그네르란 여자를 아는가?"

하고 물었다.

"베라 피그네르?"

그 이름은 내겐 금시초문이었다.

"지금 효숙인 그 여자에게 홀딱 빠져 있어."

"도대체 어느 나라 사람인데?"

"러시아 여성이야."

"그럼 윤효숙 씬 그 러시아 여자와 동성연애를 하고 있단 말인가?"

"이 사람이 무슨 소릴 하노. 베라 피그네르가 쓴 책에 홀딱 빠졌단 얘기야."

"베라 피그네르가 소설가인가?"

"아냐. 러시아의 혁명여성이래."

"그럼 마르크스주의자?"

"마르크스주의자는 아니구, 뭐라더라, 바쿠닌파라고 하더구

먼."

"그렇다면 무정부주의자가 아닌가."

"그런 모양이야."

"무정부주의자가 쓴 책에 홀딱 빠졌다면 무정부주의자가 된다는 얘기가 아닌가."

"그래서 걱정이다."

"만석꾼 부자의 딸이 무정부주의자가 되는 것도 재미있는 일 아닌가."

"농담이라도 그런 말 말게. 나와 같이 있으면서 그 애를 무정부주의자를 만들었다간 큰일 나게?"

"본인이 무정부주의자가 되는 게 윤효준에게 무슨 책임이 있나?"

"그렇게 쉬운 문제가 아니라네."

"그건 그렇고 효숙 씨가 지금 읽고 있는 책이 뭔가? 책명이 말야."

"여기 적어 왔어."

하고 윤효준이 쪽지를 꺼냈다. 독일어로 된 책명이었다. 번역하면 《러시아의 밤》으로 되었다.

"그 책을 자네가 한번 읽어 보지 그래."

하고 내가 웃었다.

"독일어로 된 책인데 내 독일어 실력 갖곤 어림도 없어. 사전을 찾아가며 읽을 수도 있겠지만 난 지금 수험준비에 바빠서 그럴 짬이 없어."

윤효준은 고등문관시험의 준비 중에 있었다.

"효숙 씨가 읽을 정도의 독일어를 자네가 못 읽어?"

"효숙의 독일어 실력은 대단해. 하여간 효숙인 다른 공부를 일체 팽개쳐 버리고 그 책만 읽고 있는 모양야."

"그 책 내가 좀 빌려 볼 수 없을까?"

"절대로 누구에게도 빌려주지 않겠대."

"그 책을 어디서 구했을까?"

"효숙이 하숙하고 있는 집의 주인이 묘한 사람이야. 너 사하라 후미오佐原文雄란 이름 들어본 적 없나?"

"없는데."

"육십이 넘은 노인이야. 독일 책을 번역한 게 몇 권 있는 사람이래. 그 집에 그 책이 있었던 거지."

"그럼 그 노인도 무정부주의의 경향이 있는 사람 아냐?"

"그럴지도 모르지."

"감수성이 예민한 사람이 돼 놔서 혹시."

하고 나는 윤효숙이 무정부주의자가 될지도 모르겠다는 예감을 말했더니 윤효준은

"그래서 자넬 찾아온 거야. 무슨 묘안이 없을까?"

하고 심각한 표정이 되었다.

"내게 그런 묘안이 있을 까닭이 있나?"

나는 덤덤히 받아넘길 수밖에 없었다.

윤효준을 보내고 나서 그 길로 대학도서관으로 갔다. 사서까지 동원시켜 베라 피그네르를 찾았으나 없었다.

그 이튿날 우에노上野 도서관으로 가서 찾았다. 역시 국립도서관으로서의 관록이 있었다. 베라 피그네르의 《러시아의 밤》이 거기엔 있었던 것이다.

《러시아의 밤》은 베라 피그네르의 회상기였다.

베라 피그네르는 1852년 러시아 귀족 가운데서도 명문의 딸로서 태어났다. 스위스의 취리히 대학에서 의학을 수학, 박사과정을 거쳐 학위를 따기 직전에 의학을 포기하고 혁명운동에 투신했다. 그것이 20세 때이니 퍽이나 조숙한 여자이다.

베라가 혁명운동에 투신하게 된 가장 큰 동기는 바쿠닌과의 만남에 있었다. 바쿠닌은 마르크스주의, 특히 마르크스의 프롤레타리아 독재론을 맹렬하게 공격한 사람이다. 권력엔 반드시 악惡이 따르는 법이며, 그 권력악은 국가악으로서 최대의 규모와 형태로 발현한다는 설에 베라는 감동하고 제정帝政의 타도를 그녀의 인생목적으로 삼게 되었다.

베라는 취리히 대학에서 바쿠닌의 사상에 관한 논쟁이 활발했다면서 다음과 같이 쓰고 있다.

'문명은 파괴되어야 한다'고 바쿠닌의 지지자들은 선언했다. 왜냐하면 문명은 소수의 특권자들에게만 봉사하고, 인민대중을 노예화하는 도구에 불과했기 때문이다……

혁명운동에 투신한 베라는 가장 극렬한 테러리스트로 되어갔다. 그녀가 감행한 테러만 해도 수십 건을 헤아린다. 그 최대의 사건이 1881년 3월 1일에 있었던 알렉산더 2세 황제의 암살이다. 베라는 이 암살 사건을 스스로 지도했을 뿐 아니라 그로 인한 혹심한 탄압에도 불구하고 '인민의지당人民意志黨'의 재건을 서둘다가 1883년 2월 10일에 드디어 체포되었다. 그녀가 체포되었다는 소식을 듣고 황제 알렉산더 3세는

"아아, 그 무서운 여자를 체포했단 말인가."

하고 탄성을 울렸다고 한다.

베라는 사형선고를 받았다. 다른 혁명가들은 사형선고를 받곤 구명탄원救命歎願을 했는데 그녀만은 구명탄원을 하지 않았다. 그런데도 사형이 무기징역으로 감형되어 그녀는 21년 7개월 동안을 실리셀부르크의 요새감옥에서 지나게 되었다. 이 감옥은 중죄범들만 수용하는 감옥으로서 외부와의 통신은 완전히 단절되어 있었다. 추위와 고독을 곁들인 극악한 상황 속에서 거의가 결핵과 영양실조의 희생이 되든가, 발광하든가 했는데 베라 피그네르는 굳건히 살아남았다. 32세에 투옥되었던 베라는 52세에 출옥하여 1940년 현재 88세의 나이로 아직도 건강하게 살아 있다는 것이다.

그리고 베라는

'생애의 전기간을 통해 회한을 갖고 나는 과거를 회고한 적이 한 번도 없었다.'고 쓰고 있었다.

그런데 내가 그때 놀란 또 하나의 사실은 20대 초기의 베라의 사진이 그 책 속에 끼어 있었는데, 그 베라의 얼굴과 윤효숙의 얼굴이 기막히게 닮아 있었다는 사실이다. 짙은 눈썹, 선명한 쌍꺼풀, 맑고 큰 눈, 곧은 코, 귀에서 턱으로 흐른 선, 꼭 다문 입, 게다가 가르마길을 머리 중앙에 타고 뒤로 빗겨 넘겨 속발한 머리 스타일까지……

나는 윤효숙이 무정부주의자가 되는 것은 필지의 사실이라고 믿었다.

수일 후 나는 윤효준을 우에노 도서관으로 데리고 가서 베라 피그네르의 사진을 보이며 말했다.

"관상이 같으면 성격도 같은 거다. 가문도 비슷하고, 의학을 공부한 경력도 비슷하지 않은가. 여의사가 쓴 책을 읽고 평생의 방향을 바꿀 만큼 감격성이 강한 효숙 씨가 이 책을 읽고 그냥 있을 턱이 없어. 베라 피그네르처럼 되고 말 테니까 두고 봐."

얼떨떨한 표정으로 나를 바라보고 있더니 윤효준이

"베라 피그네르는 지독한 테러리스트라며?"

하고 물었다.

"그렇다."

"헌데 우리 효숙인 파리 한 마리도 잡지 못하는 성격이야."

"베라 피그네르는 어려서부터 테러리스트가 되려고 했을까? 사람을 죽이긴커녕 사람을 살리려고 의학 공부를 한 여성인데."

"어떻게 하면 좋을까?"

"자네가 책임을 느껴야 할 형편이면 고향으로 돌려보내 버려."

"본인이 응하지 않을 텐데."

"본인이 응하지 않거들랑 저그 아버지헌테나 편지를 써, 데리고 가라구 대강 경위를 적어서."

"그건 안 돼."

하고 윤효준이 이와 같은 얘길 했다.

윤효숙이 위로 오빠가 둘 있는데 사내아이들한텐 가혹할 정도로 완고한 어른들이 효숙에겐 그럴 수 없이 관대하다. 할아버지 70세 때, 아버진 50세 때 얻은 딸아이라고 해서 그런지 아무리 엉뚱한 청이라도 효숙의 입에서 나온 것이라면 다 들어주는 형편이란 것이다.

"그러니까 본인의 의사에 반대해서 데리고 갈 그런 아버지가 아냐. 그런 할아버지도 아니구."

"과격한 무정부주의자가 될 거라고 해도 그럴까?"

"누가 그런 말을 믿기라도 할라구. 하여간 효숙에게 대한 그 할아버지나 아버지의 태도는 불가사의하다고 할 수밖에 없다니까."

하고 다음과 같이 윤효준이 말했다.

"사실 우리 집은 가난해. 대학에 다닐 처지도 못 돼. 구두쇠로 유명한 효숙의 아버지가 내 학비를 댈 까닭이 없고. 그런데 효숙의 한마디에 내 학비를 대게 된 거라. 그것도 자그마치 한 달에 150원이나. 그 액수까지도 효숙이 정한 거야. 에누리도 없어, 좋다, 네 말이면 좋다, 이거야."

"그러나 가만둘 순 없잖아? 내 기분으로 말하면 만석군 딸이 무정부주의자가 되는 게 흥미로운 일이지만."

"엣, 이 사람."

하며 윤효준이 그날 밤 술을 마시자고 했다. 문관시험준비에 몰두하고 있는 사람이 자청 술을 마시자고 했으니 패나 심정이 복잡했던 모양이었다.

또 1년이 지났다. 그땐 윤효준이 고등문관시험 사법과에 합격하고 있었으나 학교를 졸업할 날짜는 반년쯤 남아 있었다.

그러니 태평스러운 나날이어야 할 것인데 나를 찾아온 그의 얼굴은 어두웠다.

"효숙은 학교를 그만둘 작정인가 봐."

하고 한숨을 쉬었다.

"완전히 무정부주의자가 됐나?"

그 말엔 대답을 않고 윤효준이 이런 말을 했다.

"무정부주의 사상 갖곤 우리의 독립에도 도움이 되지 않을 뿐 아니라 그 사상은 원래 불모의 사상이어서 스스로를 망칠 뿐이니 그만두라고 했더니 효숙이 광란상태가 되어, '왜 내가 무정부주의자가 되려고 하는지 오빠 정말 모르겠느냐?'고 덤비는 거

라. 알 까닭이 없으니까 말리는 게 아니냐고 했지. 그랬더니 엉엉 우는 거야. 효숙이 그처럼 광란상태가 된 것도, 엉엉 놓고 우는 것도 나로선 처음 보는 광경이었어. 말문이 막혀 그냥 그 자리를 뜨고 말았지."

효준의 그 얘기를 듣고 내가 기껏 해볼 수 있었던 말은,

"살큼 돈 것 아냐?"

얼마 되지 않아 나와 윤효준은 많은 동세대 청년들과 더불어 거창한 역사의 파도에 휩쓸리게 되었다.

이른바 학병이란 명목으로 2차 대전의 전쟁터로 몰려나갔다. 나와 윤효준은 각각 방향이 달랐기 때문에 서로 소식을 알 수 없었다. 2년 후 돌아와서 그도 무사히 돌아온 줄 알았지만 서로 만날 기회가 없이 10년이란 세월을 지났다.

윤효준과 내가 다시 만나게 된 것은 그가 변호사를 하고 있을 때, 나는 부산에서 신문사 주필 노릇을 하고 있을 때였다. 서울에 사무소를 두고 있는 그가 소송사건으로 부산에 와서 나를 찾은 것이다.

우리는 하룻밤을 동래 온천장에서 서로 회포를 풀게 되었는데 어떤 말끝엔가, 내가 물었다.

"효숙 씬 건재한가?"

"효숙이?"

들었던 잔을 놓으며 효준이 한 말은

"효숙인 죽었어."

"죽어? 언제?"

"8년 전이야."

"무슨 병으로?"

"자살 같기도 하고 자연사 같기도 하고…… 애매해."

그의 말투가 너무나 침울해서 나는 더 이상 물어볼 수도 없었는데

"자네 부인헌텐 미안한 말이지만 그때 자네하고 효숙이 결합되었더라면……"

하고 말끝을 흐렸다.

나는 침묵할 밖에 없었다.

"내가 귀국해 보니, 내 귀국은 해방하고도 8개월쯤 후였는데, 효숙은 좌익운동을 하고 있었어. 그런데 저그 아버지가 말리지도 않는 거야. 그 딸이 하는 짓이면 뭐라도 좋다고 한다는 얘기 한 적이 있지 왜. 하두 어처구니가 없어서 내가 효숙에게 다그쳤더니 옛날 동경에서 하던 말을 또 하는 거야. '오빠, 내가 좌익운동을 하는 까닭을 정녕 모르겠느냐?'고. 그리고 울었어. 광란하진 않고 조용히."

"그래 좌익운동을 계속했나?"

"어느 때부터인가 손을 뗀 모양야. 좌익운동을 그만두고 반년쯤 지나서 죽었지."

"참 좋은 여인이었는데."

하며 나는 윤효숙을 염두에 떠올렸다. 이상한 분위기를 가진, 높은 기품의 여자였다는 인상이 역력하게 되살아났다.

아마 나는 사랑도 하기 전에 실연한 그 기분으로 윤효숙에게 짝사랑을 하고 있었던 것인지 모른다.

그로부터 4, 5년 후의 일이다.

서울에 옮겨살게 된 나는 빈번히 윤효준을 만나 같이 노는 기회를 가지게 되었는데 그해의 추석 명절, 같이 고향으로 갔다. 그의 고향은 S군이고 나의 고향은 H군이지만 서울서 가려면 같은 방향이 되는 것이다. 각각 자동차를 가지고 갔는데 S군의 윤군 집까진 효준의 차에 동승했다. 자동차가 S군으로 들어서서 한 시간쯤 달렸을 때 어느 지점에서 윤효준이 차를 세우게 했다.

"효숙이 무덤이 이 근처에 있으니 안 가 볼래?"
하는 말이라서 나는 거기서 5백 미터쯤 상지에 있는 윤효숙의 무덤엘 갔다.

효숙의 무덤은 썩 잘 관리되어 있었다. 잔디가 고르게 자라 있을 뿐 아니라 무덤을 둘러싼 숲이 아름다왔다. 자세히 보니 향나무, 전나무, 은행, 황백 등 모두 고상한 나무들이라 자생自生한 나무는 아닌 듯싶어

"할아버지와 아버지가 유별나게 귀여워했다고 하더니 죽은 후로도 성의가 대단하군."
했더니 효준이

"이 나무는 모두 내가 심은 거다. 매년 식목일엔 혼자 여길 내려와서 인부들과 나무를 심지. 저 전나무나 향나무는 벌써 10년이 넘었어. 나무는 좋은 거야. 정직하고 청결하고, 이편의 성의를 그냥 반영해 주거든."

하곤 쓸쓸하게 웃었다.

"자네 정성이 대단하군."

뭔가 그의 기분을 납득할 수 있을 것 같아서 내가 한 말이었는데

"난 효숙의 덕택으로 지금 변호사 노릇이라도 할 수 있게 된 것이 아닌가."

하는 그의 대답이었다.

무덤을 떠나려는 무렵 나는 찬찬히 무덤 앞의 비석을 살펴보았다. 표면에 '윤효숙의 묘'라고 되어 있고 이면엔 이렇게 새겨져 있었다.

　　세상에 악이 있다는 것을 모르고 청결하게 살다가 간 처녀에게
　　저승에서의 행복 있으라.

　　　　　　　　　　　　　　　　　　　　　　- 1955년 10월 10일.

　　　　효숙으로부터 한량없는 은혜를 입은 삼종오빠 윤효준 세움.

그리고 비 오른쪽 면에 윤효숙이 죽은 날짜를 '1948년 2월 8일'이라고 새겨 넣고 있었다.

이제 윤효준도 죽었다. 3년 전의 일이다. 유언으로 장지를 고향으로 정해 놓았다고 하기에 선영이 있는 곳인가 했더니 그것이 아니었다.

효준을 묻어 놓고 거기 서서 주위를 조망하고 있었을 때 문득 내 시야에 들어온 것이, 건너편 산허리의 그쪽만 아름다운 총림叢林을 이루고 있는 곳이었다. 그런데 그 총림 사이로 하나의 비를 앞세운 묘봉우리가 완연히 이쪽을 향해 있었다. 나무를 심을 때 그렇게 되게끔 미리 계산되어 있었다는 것을 짐작할 수가 있었다.

나는 힘들게 생각해 낼 필요 없이 그곳이 윤효숙의 무덤이란 것을 알았다.

언제부터인가 윤효준은 자기가 죽을 준비를 그렇게 해놓고 있었던 것이다.

효준의 아들을 불러 그 무덤을 가리키며

"저 무덤이 누구의 무덤인지 아느냐?"

고 물었다.

모른다는 대답이었다.

나는 구태여 설명할 필요가 없다고 느끼고, 무언가 집힐 듯한 예감이 들어

"자네 어머니더러 아버지와 결혼한 연월일年月日을 알아달라."

고 부탁했다.

쪽지에 적혀 온 것을 보니 1948년 2월 5일이었다.

다시 윤효숙의 무덤을 찾을 생각을 한 것은 무슨 까닭인지 모른다. 비석 앞에 서서 아까의 쪽지를 꺼내 보았더니 윤효숙이 죽은 날은 효준의 결혼식이 있은 지 사흘 후이었다.

나는 잔디 위에 앉아 담배에 불을 붙였다. 거기서 윤효준의 무덤이 뚜렷한 윤곽을 보였다.

드높고 닦은 가을 하늘!

효준이 정성들여 심고 가꾼 나무들이 얘기를 시작하려는 참인지 몰랐다.

나는 내 생각을 쫓기 시작했다.

직접 내가 들은 것은 아니지만

"왜 내가 무정부주의자가 되려고 하는지 오빠 정말 모르겠어요?"

"왜 내가 좌익운동을 하는지 오빠 정말 모르겠어요?"

하고 울부짖는 윤효숙의 소리가 귓전을 울리기라도 하는 것 같았다.

그러던 윤효숙이 돌연 좌익운동과 손을 끊게 된 것은 혹시 그때 윤효준의 혼담이 본격적으로 진행되고 있었기 때문이 아니었을까.

'윤효준의 결혼식이 있은 지 3일 후에 목숨을 끊었다는 것은?'

윤효숙이 의학을 배울 작정을 한 것은 《소도의 봄》을 읽고 감격한 탓만은 아니지 않을까.

윤효숙이 무정부주의에 혹한 것은 베라 피그네르의 자극으로

94

서였겠지만, 그런 사회가 되어야만 꿈이 꿈으로 되지 않을 수 있겠다는 막연한 기대나마 있었기 때문이 아니었을까.

좌익운동을 한동안 했다는 것도 막연한 바람으로 인한 착각 때문이 아니었을까.

효숙의 그 모든 마음의 움직임을 알면서도 입 밖에 내어 처리하길 두려워 고민한 윤효준이 아니었을까.

그렇다면 저 비문에 진실이 있게 하기 위해선

'인습의 가시덤불 속에서 사랑을 키우지 못하고 애절하게 죽은 영혼'이란 글귀가 보태져야만 할 것이 아닐까……

다음다음으로 상념이 이어졌으나 확실한 판단이 설 수 있을 까닭이 없다. 헌데 어느 누구가 그들의 마음속을 알 수 있으리.

어느 누구가 윤효숙의 무덤을 둘러싸고 있는 이 가을의 의미를 알 수 있으리.

나는 아무도 모르는, 그리고 아무도 모를 가을 속에 앉아 조용히 눈물을 흘렸다. 그러나 그것은 윤효숙, 윤효준을 위한 눈물은 아니었다.

아무도 모르는 가을에 바치는 나의 눈물이었다.

* 1980년대 초반 추정

우아한 집념執念

우아한 집념執念

달력으론 봄, 기후론 아직 겨울인 어느 날의 오전 유현柳玹은 서재의 스토브가에 앉아 한가하게 담배를 피우고 있었다.

전화벨이 울렸다.

유현이 손을 뻗어 송수화기를 들었다.

"전 독잔데예, 유 선생님과 통화를 하고 싶은데예."

하는 경상도 사투리인 소녀의 목소리가 울려왔다.

"내가 유현입니다."

"아아, 그렇습니까예. 저…… 저 독잔데예……"

"말씀하십시오."

"저, 저…… 선생님을 만나 뵐 수가 없겠습니까예."

이럴 때 유현은 언제나 난처하다. 우물우물 말을 않고 있자,

"바쁘십니까예, 바쁘시겠지예, 그러면……"

하고 소녀의 말이 꺼져 버릴 듯했다.

그렇게 되면 매정스럽게 바쁘다고 잘라 버릴 수가 없다.

"좋습니다. 잠깐이면."

"어디서 만날까예, 언제예?"

소녀의 말투에 생기가 끼었다.

"우리 집으로 오시오."

"어디로 가면 됩니까예?"

유현은 집 위치를 가르쳐 주었다.

그리고 한 시간쯤 되었을까.

그 전화가 있었던 것을 거의 잊고 있었는데 문간 쪽에서 소녀의 경상도 사투리가 들려왔다.

목소리로선 하이틴의 소녀인 줄만 알았는데 20세는 넘어 있어 보였다.

훤칠한 키에 이마가 넓고 눈썹이 짙은 얼굴이었다. 미인이라고 할 순 없었으나 젊음을 곁들인 매력이 없는 바는 아니었다.

유현은 옆의 의자를 가리켰다.

바래진 빛깔의 남색 코트를 벗고 의자에 앉으면서

"한정숙입니다."

하고 고개를 꾸벅했다.

한정숙이라고 들어도 별반 느낌이 있을 까닭이 없다. 그러나 유현은 아까부터 어디서 본 것 같다는 생각을 지우지 못하고 있었다. 그러면서도 언제 어디에서 보았는질 캐낼 순 없는 것이다.

"경상도 같은데 고향이 어디지?"

유현이 물었다.

"창녕입니더."

창녕이면 유현의 고향관 2백 리쯤 떨어져 있는 곳이다. 동향同
鄕이란 인연으로 찾아온 건 아닐 것 같았다.

"그런데 어떻게?"

"전 선생님 책을 참 좋아해예. 선생님 책은 얼추 다 읽었어
예."

하고 한정숙은 유현이 쓴 책을 들먹이기 시작했는데 그 가운덴
한정숙 또래의 젊은 여자들은 읽지 않아 주었으면 하는 것이 섞
여 있었다.

자기 책 이야기가 나오면 언제나 어색스럽게 되는 유현이었
다. 잠자코 있기도 뭣해서 화제를 바꿨다.

"서울에서 학교를 다니나?"

"아니라예."

"아니면?"

"학교는 마산에서 다니고 있어예, 봄방학이고 해서 서울 친척
집에 놀러 왔어예."

"음 그래."

하고 나니 할 말이 없었다.

이때 전화벨이 울렸다. 어떤 잡지에서의 원고 독촉이었다.

송수화기를 내려놓으며

"무슨 용무라도?"

하고 유현이 한정숙을 돌아다봤다.

정숙이 우물쭈물하더니 아까 들고 온 꾸러미를 풀었다. 유현이 최근에 쓴 책 세 권이 들어 있었다.

"선생님 여게 사인 좀 해 주이소."

정숙이 그 책을 내밀었다.

자기 책에 사인하는 것처럼 쑥스러운 노릇은 다시없다. 그러나 유현은 순순히 사인을 했다. 그리고 그 책을 돌려주며

"아버지는 뭘을 하시지?"

하고 물었다.

"아버진 돌아가셨어예."

"그럼 편모 밑에서 살고 있는 거로군."

"어머닌 아버지보다 훨씬 먼저 돌아가셨어예."

"형제는?"

"없어예."

그런데 한정숙의 말투엔 심각한 빛깔이란 없었다. 그러나 부모와 형제도 없이 고독한 소녀에게 대한 이편의 감상이 없을 수가 없었다. 정숙을 보는 유현의 눈빛이 약간 달라졌다.

그러한 눈빛을 느꼈을 까닭은 없었겠지만 정숙이 이렇게 말했다.

"그러나 계모님이 정말 잘해 주셔예. 지금 마산에서 같이 살고 있어예."

"그 계모님에게서 낳은 동기도 없나?"

"없어예."

아버지는 없고 계모와 같이 살고 있는 처지가 어떤 것일까 하는 생각을 얼핏 해 봤지만 그저 그런 정도의 생각일 따름이었다.

"살아가는 덴 불편이 없나?"

하고 나서 쓸데없는 질문을 했다고 하는 후회가 일었다.

"조그마하지만 마산에서 여관을 하고 있어서……"

살아가는 덴 그다지 걱정이 없다는 뜻일 것이었다.

"학교에선 무슨 공부를 하나?"

"국문학을 하고 있어예."

"국문학, 국문학이라."

하고 유현은 의미도 없이 중얼거렸다. 잠깐 동안 침묵이 흘렀다.

"선생님."

"응?"

"선생님 작품에 「환화」라는 게 있지예?"

"있지."

"그건 전연 공상으로 만든 겁니꺼?"

"소설을 두고 사실에 있는 얘긴지 공상으로 꾸민 얘긴지 하고 따질 필요는 없지 않을까?"

"그래도예."

"소설은 그 자체의 기승전결起承轉結만 있으면 되는 거니까."

이렇게 말해 버렸지만 유현은 정숙의 간절한 듯한 시선을 따갑게 느꼈다.

「환화幻花」의 줄거리는 다음과 같았다.

초로에 접어든 어느 작가가 산속의 온천엘 갔다. 몇 달 전 상처한 마음의 상처를 달랠 겸, 지친 심신을 풀기 위해 거기서 여러 날을 머물게 되었는데 우연히 요양차 와 있는 젊은 여자를 만났다.

둘이는 같이 주변의 산을 산책할 만큼 친해졌는데 어느 기회에 그 여자가 자기의 딸이란 사실을 작가는 발견했다. 20년 전 그 작가가 어느 시골의 대학교수로 있을 때, 짤막한 동안 친하게 지낸 여자가 바로 그 젊은 여자의 어머니였다. 젊은 여자가 말한 얘기의 맥락으로 보아 자기 딸일 수밖에 없다고 판단하고 그 이튿날 그 사실을 확인하려고 했는데 이튿날 찾았을 땐 그 젊은 여자는 이미 떠나고 없었다.

며칠 동안 숱한 얘기를 주고받았는데도 그 여자의 주소를 묻지 않았다는 것을 그때사 깨닫고 숙박계를 조사해 보았다. 숙박계에 적힌 주소로 찾아갔다. 그런데 그 주소는 십 년 전의 주소였다. 동회에까지 찾아가서 이사 간 곳을 알아보려고 했으나 허사였다. 드디어 작가는 온천장에서 본 그 젊은 여자를 환상 속의 꽃으로 생각하기로 했다……

물론 그 소설은 허구虛構이다. 다만 유현의 추억 속에 있는 한 여자와의 한때의 교정交情만은 사실이다. 그 교정에 따라 도는 감회가 「환화」의 핵심을 이루고 있는 것이었다.

"전연 그런 일이 없었어예?"

한정숙이 주저주저 물었다.

유현이 무어라 대답할 수가 없어 잠깐 망설이다가 다음과 같이 말했다.

"아무리 공상소설이라고 해도 핵심이 되는 사실은 있는 거다. 이를테면 핵경험核經驗이라고 할 수 있는……. 그러니 그런 일이 전연 없었다고는 할 수 없는 그만큼, 그런 사실이 있었다고도 할 수 없는 그런 거란다."

한정숙은 알아들을 수 있을 것 같기도 하고 알아들을 수 없기도 하다는 듯한 묘한 표정으로 되더니

"종종 찾아와도 되겠습니꺼?"

하고 물었다.

안 된다는 말을 할 수야 없지 않은가.

"마산에서 서울까진 꽤 먼 거리인데 종종 찾아올 수야 있겠는가?"

"선생님만 좋다고 하시면 한 달에 한 번쯤이라도 올라올 수 있어예."

"그럴 것까지야."

하고

"다른 일로 혹시 서울에 올 기회가 있거든 들르도록 해요."

하는 말을 덧붙여 주었다.

"고맙습니다."

꾸벅 절을 하곤 백에서 명함 한 장을 꺼내 탁자 위에 놓았다. 유현은 왠지 그저 보내기가 섭섭해서 자기의 소설이 영역英譯으로 된 것을 팸플릿으로 만들어 놓은 것이 있어 그걸 한 권 선물로 주었다.

그런데 그 반가워하는 태도가 너무나 안타까웠다.

'어디서 본 얼굴일까.'

'언제 본 얼굴일까.'

하는 생각을 되풀이했을 정도로 하여간 그 한정숙의 얼굴과 몸매는 눈에 익어 있었다. 그러나 기억 속에서 그 까닭을 찾아낼 순 없었다.

한정숙을 보내고 난 뒤 다시 「환화」에 생각이 미쳤다. 유현이 「환화」를 쓰게 된 동기의 여자는 가야산 해인사에서 만난 여자였다. 어느 암자를 구경하고 나오는 길인데 우연히 말을 걸 계기가 있었다. 그것이 시초가 되어 서로 친하게 되었다.

그 여자는 유현이 아직 만나 본 적이 없었다고 단언할 수 있을 만큼 기막힌 여자였다. '기막히다'는 표현을 쓸 수밖에 없는 것은 아름답다느니, 우아하다느니, 하는 흔한 표현으론 도저히 그 여인이 풍겨 내고 있는 기품이랄까, 고상한 인상을 나타낼 수 없기 때문이다.

유현은 그러한 여인을 알 수 있게 되었다는 것을 부처님의 은

총이라고까지 생각할 만큼 되었다.

인생의 전회점轉回點으로 하리라는 결심마저 했다. 그런데 세사世事와 인사人事의 번거러움을 자연스럽게 해결할 양으로 천천히 서둘고 있었던 것인데 유현의 신상에 엄청난 불행이 닥쳤다.

필화사건으로 감옥생활을 하게 된 것이다.

긴 영어囹圄의 생활에서 풀려났을 땐 그 여인을 찾을 길이 없었다.

유현은 자기의 인생을 보람되게 할 수 있는 장章이 닫힌 것이라고 생각했다. 영어의 생활을 했기 때문이 아니고 그 여인을 잃었기 때문이었다. 이를테면 그 한恨이 응결되어 만들어진 것이「환화」였다.

유현은「환화」를 쓰고 나서 겨우 그 여인을 잊을 수 있게 되었다. 잊을 수 있게 되었다기보다 고통을 동반하지 않고 그 여인을 회상할 수 있게 되었다고 하는 것이 옳을는지 모른다.

감옥생활에서 풀려나와 유현이 소설을 쓰게 되었다. 뒤늦게 문학계에 진출한 셈이다. 그런데 그 첫 작품,「빙점氷點의 사상思想」이 뜻밖에도 호평을 받았다. 비교적 화려한 출발이었다.

그러나 유현은 그런 일을 별반 영광스럽게 생각하진 않았다. 사랑을 잃고「빙점의 사상」을 얻었다는 느낌이었다.

유현은「환화」를 쓰게 된 마음의 주변에서 한정숙의 얼굴을 찾아볼 건덕지가 어느 한 군데도 없었다.

'어디서 본 얼굴일까.'

'언제 본 얼굴일까.'

하다가 유현은 한정숙을 잊었다.

한정숙이 다시 유현 앞에 나타난 것은 여름이었다. 연분홍빛
깔의 블라우스에 베이지색 스커트를 입은 한정숙은 겨울에 본
사람관 전연 달라뵐 정도로 스포티하고 경쾌한 인상이 앞섰다.

서재에 나타나며 한 첫말이—

"덥지 않습니까예?"

"가만있으니까 안 더워."

"에어컨 없습니까예?"

"그런 사치스런 게 있을 까닭이 있나."

이런 말이 오가고 보니 분위기가 훨씬 부드럽게 되었다.

"이번엔 무슨 일루?"

하고 유현이 물었다.

"선생님 뵐라고예."

"그 때문에 모든 사람이 피해 가는 서울에 왔나?"

"선생님을 만나러 간다 싶으니 조금도 덥지 않데예."

유현은 미소를 띠었을 뿐이다.

정숙은 이것저것 유현이 쓴 작품에 관한 이야기를 하기 시작
했다.

유현은 그저 듣고만 있었다.

그런데 유현 자신도 기억에 삼삼한 옛날에 쓴 얘기를 하는 것

이 아닌가. 그것은 유현이 소설을 쓰기 이전의 것이기도 해서.

"그건 책으로 되지 않았을 뿐 아니라 옛날 내가 신문사에 있을 때 신문에 쓴 것일 텐데 어떻게 그걸 읽었어?"

하고 물었다.

"우리 집에 스크랩이 있어서예. 선생님이 신문사에 계실 때에 쓰신 걸 모아 둔 스크랩이 말입니더."

유현이 깜짝 놀랐다.

"스크랩이 있다니, 누가 만들어 둔 건데?"

"죽은 어머니가 만들어 둔 거라예."

"죽은 어머니가?"

"어머닌 몇 살에 돌아가셨는데?"

"제가 다섯 살 때예. 그러니까 어머닌 스물일곱 살 때라예."

"네가 지금 몇 살이나?"

"스물둘예."

"17년 전이로군."

하고 유현은 감회에 서렸다.

17년 전 신문에 실린 자기의 편편(片片)의 문장을 스크랩하고 있는 여자가 있었다는 생각을 하니 이상한 감동을 느끼지 않을 수 없었다. 그런데 그 여인이 27세의 나이로 죽었다니……

"지금 살아 계시면 마흔 둘이군."

"선생님은 몇 살이십니꺼?"

"나? 쉰 두 살이다. 철이 들기도 전에 나이부터 먼저 먹어 버렸다."

"나이 자시는 게 싫으십니까예?"

한정숙이 장난스럽게 물었다.

"그렇지도 않아."

하고 유현이 말했다.

"그 스크랩북이 보고 싶구나. 그때 내가 쓴 것은 지금 흔적이 없어. 신문사의 보관본까지 압수되어 버렸으니까."

"보고 싶으시면 마산으로 오시이소. 차곡차곡 간수하고 있으니까예."

"차곡차곡 간수하다니. 분량이 그렇게 많아?"

"어머니가 돌아가실 직전에까지 스크랩을 하신 거라예. 선생님의 이름이 없는 것도 사설이나 논설은, 그 신문에 있는 것은 모두 스크랩을 한 모양이라예."

그것도 또한 놀람이었다. 시골에 사는 여자가 소설이나 수필이면 또 모르되 무미건조한 사설까질 끊어 모았다고 하면 특수하게 수집벽이 있는 사람이 아니면 무슨 곡절이 있을 것이었다.

"어머닌 학교에 다니셨나?"

"대학을 나왔어예. 대학은 C시의 대학을 나왔지만 대학원은 서울대학교 대학원엘 다녔어예."

C대학이라면 유현이 한동안 몸담아 있었던 곳이었다.

그런데 C대학을 나와 서울대학교 대학원에 간 사람은 유현의 기억으론 한 사람밖에 없었다. 그것도 여자⋯⋯.

"그럼 너의 어머니는 경제학을 하시지 않았니?"

유현은 숨이 칵 막히는 것 같은 충격을 받았다. 한정숙의 얼굴이 완연히 기억 속에서 되살아난 것이었다.

그렇게 되면 물을 것조차 없다.

그러나 묻지 않을 수 없었다.

"너의 어머니는 이혜숙이란 이름이지?"

"그래예, 선생님!"

"음 네가 이혜숙의 딸이로구나."

유현은 신음하듯 중얼거렸다.

"선생님 우리 엄마를 알아예?"

한정숙의 그렇지 않아도 큰 눈이 크게 동그랗게 되었다.

유현은 얼른 대답할 수가 없었다. 한정숙의 얼굴을 자세히 살펴보는 눈이 되었다. 분명히 이혜숙의 흔적이 그 얼굴엔 있었다.

속절없이 사라져 버린 25년의 세월. 그 세월의 저편에 이혜숙이 나타났다.

그런데 어쩌면 그처럼 감쪽같이 잊을 수 있었을까. 유현은 매정스러운 스스로를 느꼈다.

"우리 엄마를 우찌 알았습니꺼?"

유현은 애매하게 웃고 담배를 피워 물었다. 한정숙이 자기의 어머니와의 인연으로 그를 찾았을 것이란 짐작을 하게 된 것이다. 그래 다음과 같이 시작했다.

"내가 너희 어머니를 알고 있을 거라고 생각했기 때문에 나를 찾게 된 거지?"

한정숙이 얼굴을 붉혔다.

"그런데 왜 미리 그 말을 하지 않았지?"

"……"

"사람은 솔직해야 하는 거요. 사람을 떠 보는 것 같은 그런 태도는 좋지 못해."

이렇게 말을 했지만 유현이 한정숙을 나무라는 투는 아니었다.

"떠 본 게 아닙니더."

한정숙이 고개를 숙이고 말을 이었다.

"긴가민가했어예. 처음엔 선생님을 만나보구 솔직하게 물어 볼라고 했어예, 그런데 만나 뵙고 보니 그렇게 못 하겠습디더."

"왜?"

"사람의 짐작이란 전연 엉뚱할 수도 있는 거거던예. 그래 큰 실례가 되지 않을까 해서……"

"그 마음 알 것 같다."

"미안합니더, 선생님."

"미안할 것 없어. 되려 내가 고맙다고 해야겠다."

알았다는 소식이 죽었다는 소식, 그것도 17년 전에 죽었다는 얘기고 보니 허전하기 짝이 없었으나 모르고 있는 것보단 나을 지 몰랐다. 그런 뜻이었다, 유현이 한정숙에게 고맙다고 한 것은.

"선생님을 찾아뵙자는 생각을 한 것은 죽은 엄마를 혹시 알고 계시지나 않나, 하는 마음에서였지만 선생님의 작품은 벌써부터 읽고 있었어예."

"어떤 동기로 내가 너의 엄마를 알고 있지 않을까 하는 생각을 했지?"

"선생님의 경력에 C대학에 계셨다는 대목이 나와 있데예."

"그것만으론?"

"그리고 스크랩이 있었고예."

유현은 전번 한정숙이 「환화」를 읽었다고 얘기한 기억을 했다.

혹시 한정숙은 「환화」에서 무슨 힌트를 얻고 있는 것이 아닐까 했다.

그렇다면 약간 곤란하다는 생각이 들었다. 「환화」를 만든 이른바 핵경험核經驗이라고 할 수 있는 것은 이혜숙이가 아니고 해인사에서 만난 Y라는 여자인 것이다. 그때 나타난 딸이란 것은 전연 허구에 속하는 것이고……

이런 생각을 쫓고 있다가 유현이 돌연 '혹시?' 하는 마음이 들었다.

"나이가 몇이라고 했지?"

"스물두 살입니더."

스물두 살이라면 괜한 추측을 해 볼 까닭도 없었다. 유현이 이혜숙을 보지 않게 된 지는 25년 전인 것이다. 이런 확신을 얻고 유현은 한정숙이 「환화」란 소설을 두고 엉뚱한 생각을 하지 않게끔 못을 박아 두어야겠다고 마음을 먹고 다음과 같이 말했다.

112

"내가 너의 어머니인 혜숙을 마지막으로 본 지가 꼭 25년 전이었다. 그러니 넌 그로부터 3년 후에 탄생한 셈이군."

"그렇게 된 것까예?"

하고 한정숙은 별반 그 사실엔 특별한 의미를 느끼지 않는 듯 물었다.

"어머니가 결혼하시곤 서로 만난 일이 없다는 얘기가 아닙니꺼?"

"결혼하기 직전이지. 결혼하겠다는 얘기는 들었어. 그리고 그만이었지."

침묵이 흘렀다.

이때 유현의 부인이 사이다와 토마토가 얹힌 쟁반을 들고 서재로 들어왔다. 그리곤 말없이 앉아 있는 두 사람을 번갈아 보는 눈초리가 되었다.

뭔가 이상한 낌새를 맡은 모양이었다. 독자라고 하는 소녀와 소설가라는 사람과의, 그런 단순한 관계 같으면 생각하는 얼굴빛을 한 채 묵묵하게 앉아 있을 까닭이 없는 것이다.

유현의 부인은 들고 온 것을 탁자 위에 놓고 사이다병의 마개를 따고 글라스 두 개를 채워 놓곤 무슨 말을 할 듯 하다가 말고 나가 버렸다. 그때 정숙의 얼굴에 당황하는 빛이 돌았다.

"사모님께 인사를?"

"그런 신경 안 써도 돼. 자 사이다나 마셔라."

유현이 한정숙 앞으로 글라스를 밀어 놓고 자기의 글라스를 들어 목을 축였다. 이혜숙에 대한 감회가 밀물처럼 가슴을 채우기 시작하고 있었다. 그것은 두고 온 고향을 그리는 나그네의 심정을 닮아 있기도 했다. 보상할 수 없는 죄를 지은 자가 어쩌다 그 죄를 상기하고 가슴을 치고 싶은 심정이 되는, 그 심정을 닮아 있기도 했다. 어쩌면 인생에 있어서 가장 중요했던 것을 그 당시에도 모르고 그 뒤에도 몰랐다가 25년이나 지난 지금에 와서 돌연 깨달은 회한悔恨일지도 몰랐다.

성실하게 살지 못한 인간은 인생의 어느 국면에서 회한의 씨앗을 발견할지 모른다. 그리곤 어떤 보복을 받는지도 모른다는 두려움을 갖게 되었다. 사람은 나이 50을 넘으면 인생의 두려움을 차차 깨닫게도 되는 것인데 유현은 그러한 깨달음에 관해서도 성실할 수가 없는 스스로를 민망하게 생각하고 있는 요즘인 것이다.

"어머니가 죽게 된 병은 뭐였지?"

유현이 물었다.

"모르겠습니더. 그저 갑자기 돌아가신 거로만 기억하고 있습니더."

한정숙은 기억을 더듬으며 다음과 같은 얘기를 했다.

"추석이었어예. 전 아버지하고 큰집에 갔거던예. 제 추석치레가 제일이라고 모두들 칭찬하고 부러워했던 것을 어렴푸레하나마 기억하고 있어예. 그랬는데 저녁때쯤 집에 돌아갈라고 했는데 아버지가 넌 큰집에 있거라, 하고 자기만 버스를 타고 가 비

114

렸어예. 그 후 얼마 동안 큰집에 있었는가는 기억에 없어예. 아버지가 몇 번 큰집엘 다녀갔는데도 절 데리고 가지 않았어예. 전 엄마가 보고 싶다고 울기도 하고 보채기도 했는데 누군가가 집엘 가도 엄마는 없다고 하데예. 엄마는 죽었다 안캅니꺼. 어린 마음에도 짐작은 하고 있었어예. 그런 일이 있었기 때문에 절 집으로 데려가지 않는 거라고예. 뒤에사 안 일입니다만 어머니는 바로 그 추석 날 죽은 거라예. 큰집으로 올 때 어머니는 몸이 조금 편찮아 자기는 큰집에 가지 못하겠다면서 절 꼬옥 안아 주었어예. 그때 어머니는 그날 자기가 죽을지 모른다는 것을 알고 있었던 것 같애예……"

유현은 그 이상을 듣고 싶지 않았다. 이혜숙의 죽음은 자살이거나 자살에 유사한 죽음이었을 것이란 짐작이 들었기 때문이다.

"아버지하곤 사이가 나빴나?"

"그건 몰라예. 그러나 사이가 나쁘진 안 했을 깁니더. 어린 마음에도 어머니가 죽고 난 후 아버지는 굉장한 충격을 받았구나 하는 짐작을 할 수 있었으니까예. 사실 아버지도 얼마 살지 못했거던예."

"아버진 정숙이 몇 살 때 돌아가셨나?"

"제가 열두 살 때예. 마산으로 이사를 온 이듬해에 죽었어예."

"그럼 여관은 아버지가 사셨나?"

"그래예."

하고 한정숙은 생각에 잠기는 얼굴로 말했다.

"아버지도 자기가 일찍 죽을 거라는 예감이 있었던 것 같애예."

"어째서?"

"여관을 사면서 제 이름으로 샀거던예."

"계모님이 있었는데두?"

"그래예. 여관을 사 놓고 아버지는 계모와 나를 불렀어예. 그때 이 여관은 정숙이 이름으로 샀다고 분명히 말하데예."

"……"

"그 말을 듣고 어머님, 그러니까 계모님이지예, 어머닌 잘했다고 했어예."

"여간 마음이 너그러우신 분이 아니군, 정숙의 계모님은."

"그래예. 어머님, 우리 계모 같은 여자는 세상에 없을기라예. 제 계모가 되기 전에 한 번 결혼했다가 실패한 적이 있었던가 본데, 아버지 돌아가시고 난 뒤 계모의 친정에서 몇 번 재혼하라는 권유가 있었는데도 듣지 안했어예. 팔자 사나운 여자는 몇 번 팔자를 고쳐 봐도 몸만 더럽힐 뿐 잘 살진 못한다며, 나는 평생 우리 정숙이 지켜보고 살 테니 그런 소리 하지 말라고 딱 잘랐어예."

"지금 몇 살이신데?"

"마흔여덟 살인가 그래예."

유현은 암연한 기분으로 되었다. 27세에 죽은 이혜숙의 운명은 이미 끝난 것이지만 젊은 여자가 과부의 몸으로 전실前室의 딸을 키우며 살아간다는 것이 여간한 마음먹기로써 될 일이 아닌 것이다.

유현은 자꾸만 우울해지는 마음으로 한정숙과 자리를 같이하고 있었다간 아내로부터 무슨 오해를 받을지 모른다는 두려움을 느끼게 되었다. 작고 크고 간에 과거사를 들먹여 옥신각신 부부 싸움을 하기가 싫었다. 더욱이 요즘의 유현은 아내로부터 빈정대는 말을 듣기만 하면 신경이 곤두서는 터였다.

"한 군."

"예."

"우리 다음날 또 만나기로 하고 오늘은 돌아가 주게."

"이 다음에 또 만나 주실랍니꺼?"

"만나 주는 게 아니라 내가 만나야겠다. 물어볼 것도 있구."

"그럼 언제쯤 한번 올까예?"

"네가 올 필요는 없다. 내가 마산으로 한번 찾아가지."

"그래예?"

하고 한정숙의 얼굴이 활짝 밝아졌다.

"어머니도 참 좋아하실 겁니더."

그 어머니란 말이 유현의 귀를 자극했다.

"어머니라니?"

"계모님 말입니더."

"한 군의 계모가 내가 찾아간다고 기뻐할 이유가 뭘까?"

"어머니도 선생님의 애독자거던예."

"어머니도 소설을 읽나?"

"여관집 안주인이라고 해서 깔봐선 안돼예. 어머니도 한땐 문학소녀였답니더. 어머닌 선생님 책을 최고로 좋아해예."

유현은 뭐라고 말할 수가 없었다. 겸연쩍게 웃었을 뿐이다.

그러나 한정숙이 비밀스럽게 말했다.

"참말을 말하면예. 선생님을 만나 보라고 권한 건 어머니라예."

"뭐라구?"

유현은 깜짝 놀랐다.

"참말이라예."

"뭐라고 말하면서 권하던가?"

"죽은 엄마를 혹시 알고 있을지 모르니 한번 만나 보라고 하데예."

유현은 더 정숙을 붙들어 놓고 구체적인 얘기를 듣고 싶었지만 그만두기로 했다.

"그럼 잘 가게."

"안녕히 계시이소."

하고 나가다가 문 가까이에서 정숙이 돌아섰다.

"언제쯤 오실랍니꺼?"

"그건 알 수가 없구나."

"대강이라도 알았으면 하는데예."

"뭣하게?"

"준비를 해야지예."

"준비할 것 없어. 형편 되는 대로 갈 테니까."

"요새는 일일생활권 아닙니꺼. 마음만 있으면 한국 내는 아무데라도 간단히 갈 수 안 있습니꺼."

"그래 알았다. 가 보게."

"안녕히 계시이소."

정숙은 다시 한 번 이 말을 되풀이하곤 도어의 저편으로 사라졌다. 문간까지 따라 나가 주어야 할 것이었지만 유현은 부인의 신경을 자극하기가 싫었다.

한정숙이 대문을 나섰으리라고 짐작되는 시간이었다. 유현이 막연하게 걱정했던 것이 사실로 되어 나타났다.

부인이 씨끈한 표정으로 서재의 문을 열고 들어섰다. 유현이 얼른 시선을 다른 데로 돌려 버렸다.

"이제 막 온 그 아이 두 번째죠? 집에 온 게."

부인이 물었다.

"두 번이면 어떻고 세 번이면 어때."

유현이 퉁명스러운 말투가 되어 버렸다.

"누구예요, 그 아이?"

"독자지, 누구야."

"당신 바빠서 이 한더위에 잠깐 동안 해변에 갈 여가도 없다면서 독자허구 한담할 시간은 있는 거로구만요."

"모처럼 찾아온 사람을 그럼 내쫓으란 말요."

"빨리 쫓아내지 않았다고 하는 말은 아녜요."

"그럼 뭐요?"

유현이 거친 말투로 되었다.

"괜히 신경질은 왜 내슈?"

"아무것도 아닌 일루 남의 신경 건드리니까 하는 말 아뇨."

"아무것도 아닌 건 아닐 것 같던데요?"

"여보시오."

유현의 얼굴빛이 변했다.

"그럼 당신 그 애와 나 사이가 이상하다. 그 말이우?"

"그 애와 당신과의 사이가 어떻다는 게 아니라."

하고 부인은 묘한 웃음을 띠었다.

헌데 부인의 입에서 뜻밖인 말이 나왔다.

"혹시 그 아이 당신이 쓴 「환화」와 무슨 관계가 있는 아이 아녜요?"

유현은 잠자코 있었다.

그 「환화」라는 작품 때문에 벌써부터 몇 차례 말다툼이 있었던 것이다.

아무리 그것이 꾸민 얘기라고 해도 부인은 납득하질 않았다. 꾸민 얘기가 그처럼 박진감迫進感을 가질 수 없다는 게 이유였다.

"그 애가 당신이 찾아 안달을 하던 아이죠?"

"무슨 소릴 그 따위로 하고 있어."

유현이 이윽고 고함을 질렀다.

"바른 대로 말해요. 바른 대로 말하면 나 의논상대가 되어 드릴게요. 모처럼 오매불망한 딸을 찾았는데 가만있을 순 없는 일 아녜요. 애들에게도 느그 언니가 생겼다는 걸 알려야 할 거구요. 혼자 고민하시질 말구 정직하게 말하시우."

유현의 분격은 폭발점에 다달았다. 하나 유현은 참아야만 했다. 이런 상황도 따지고 보면 스스로가 뿌린 씨앗의 결과를 거둬들이는 셈인 것이다.

깨끗하다고는 도저히 말할 수 없는 유현의 여자관계가 부인의 불신을 사게 된 것이니 부인 말을 책할 순 없는 노릇이었다. 그렇다고 해서 유현이 분격의 폭발을 참는 것은 아니다. 그런 문제를 두고 왈가왈부하고 있는 가정의 꼬락서니에 기가 질린 것이었다.

아무래도 나는 가정을 지니고 살 자격이 없는 놈인지 모른다는 몇 번이고 되풀이해 본 상념이 그의 분격에 브레이크를 걸었다고나 할까. 유현의 부인은 자기가 한 말을 그대로 믿고 있는 건 아니었다. 믿고 있는 건 아니지만 남편의 입을 통해 그렇지 않다는 단언을 듣고 일말의 의혹이나마 해소하고 싶은 것이다.

"바른대로 말하세요. 아까의 그 애가 「환화」에서 찾던 아이죠?"

"쓸데없는 소리 그만하라니까."

"왜 아니란 말은 못하죠?"

그럴수록 유현은 아니란 말을 할 기분으로 되진 않았다. 그것은 부인에 대한 분격의 표현일지 몰랐다.

"끝내 아니란 소린 안 하는 걸 보니 내 추측이 맞은 거로군요."

부인의 말이 서글픈 투로 되었다.

"아아."

하고 유현은 머리를 싸매고 드러눕고 싶은 충동에 사로잡혔다. 여성에 대해서의 그의 실패는 과연 그에게 성실성이 없어서 저질러진 일일까. 싫어도 하나의 여성에게만 성실해야 했던 것인가. 이 여자는 실패다, 하는 판단을 내렸을 때 결연하게 처리하지 못했다는 그 사실이 Y라는 여성을 잃게 한 것이고 그 회한이 「환화」에서 표현하고자 한 그 감정을 소중히 할 밖에 없는 것이 아닌가. 그렇다면 Y가 남의 아내로 된 이상 죽은 이혜숙에게로 마음의 방향을 돌려야 하고 그런 뜻에서 한정숙의 존재를 소홀히 해선 안 된다는 생각으로 유현의 마음은 기울어 들었다. 유현의 부인은 자기의 의도와는 달리 결과적으론 남편의 마음을 자꾸만 먼 곳으로 내몰려고 기를 쓰고 있는 셈이었다.

이혜숙이란 여자—

가냘프고 빈혈적인 음화식물陰花植物을 방불케 했다.

결코 미인이랄 순 없었다. 그저 청결하다는 느낌, 진지하다는 인상, 그런데 묘하게도 비극적인 분위기를 두르고 있었다.

이혜숙의 이름이 유현의 세계에 등장한 것은 이십수 년 전의 일이다.

대학의 입학시험 심사장에서 탄성이 올랐다. 5백 점 만점에 4백5십 점을 받은 학생이 나타난 것이다.

빨리 번호표를 대조해 보자고 서두는 소리가 있었다.

대조해 본 결과 4백5십 점을 받은 학생은 이혜숙이란 여자였다.

C대학은 3류였지만 입학시험 문제의 정도는 일류대학에 못지않았다.

그런 시험을 5과목에 4백5십 점을 따냈다면 과목당 평균 90점을 받은 것이다. 입학시험의 성적으로선 놀랄 만한 일이다.

유현은 자기가 출제하고 채점한 이혜숙의 영어 답안지를 챙겨보았다. 영문국역英文國譯의 문제는 군데군데 함정까지를 배치해놓은 꽤 어려운 문제였는데도 이혜숙의 답안은 빈틈없이 거의완벽한 것이었다.

유현은 이렇게 우수한 학생이 자기가 속해 있는 문학과를 지원하지 않고 경제학과를 지망했다는 것을 아쉽게 생각했다.

그러나 '한국에서 로빈슨 여사나 로자 룩셈부르크 같은 여류경제학자가 배출되는 것도 나쁘지 않다'는 생각으로 그 아쉬움을 달랬다.

1학년의 교양영어는 공통과목이었기 때문에 이혜숙이 유현의강의시간에 나왔다. 자주 질문이 있고 해서 유현과 이혜숙은 곧친숙하게 되었다. 어느 날 다음과 같은 대화가 두 사람 사이에 오갔다.

"자네 실력 같으면 서울대학에라도 갈 수 있는데 왜 이런 지방 대학에 왔느냐?"

"여자아이를 서울에까지 보내 공부시킬 수 있을 만큼 우리 집은 넉넉하지 못해요."

"아버지는 뭣하시는데?"

"하급 은행원으로 있다가 작년에 정년퇴직했어요."

"그럼 자네가 막낸가?"

"전 넷째예요. 제 밑으로 동생이 둘이나 있어요. 하나는 남동생, 하나는 여동생."

"저축해 놓은 게 없으면 꽤 궁색하겠군."

"하급 은행원이 무슨 저축이 있겠어요. 굶어 죽지 않을 정도가 고작인데요. 전 장학생으로 등록금을 필요로 하지 않으니까 학교에 다닐 수가 있어요."

"장하군."

"장하다고 할 수 있죠. 학교가 끝나면 가정교사를 해요. 집에서 먹고 다니지만 전 밥값을 치러요. 그 돈이 동생들의 학비가 되는 거죠."

"책 살 돈이 없겠구나."

"그런 여유는 없어요. 그래서 불만인데 학교의 도서관이 좀더 충실했으면 좋겠어요."

당시 C대학의 도서관은 빈약하기 짝이 없었다.

"그럼 가끔 집에 놀러 와. 많이 가지진 않았지만 내겐 다소 책이 있으니 참고가 될지 몰라."

그것이 기연이 되어 이혜숙은 가끔 유현의 집에 드나들었다. 책을 빌려가기도 했다.

그 당시, 유현의 기쁨은 이혜숙의 독후감을 듣고 토론하는 데 있었다.

유현의 아내는 빈번히 찾아오는 이혜숙에게 질투를 느꼈다. 책을 빌려 가는 행위에도 반발을 느꼈다. 유현은 이혜숙에게 자기가 없더라도 필요한 책이면 가지고 가라고 일러두었던 것인데 그것이 화근이 되었다.

어느 날 유현이 없는 사이 이혜숙이 와서 서재의 책을 뒤지고 있었는데 유현의 부인이 불쾌한 말을 한 모양이었다. 유현은 물론 그 사실을 몰랐다. 이혜숙이 발을 끊은 때문에 챙겨 물었더니 그런 사실이 뒤늦게 발견되었다.

학년이 올라감에 따라 이혜숙과 유현이 자주 접촉할 기회는 없어졌다. 그 무렵 유현은 Y라는 여자에게 정신을 빼앗기고 있기도 해서 혜숙과 접촉할 기회가 없어도 별로 통양을 느끼지 않았다.

그런데 이혜숙의 졸업이 가까운 어느 날 유현은 연구실로 혜숙의 방문을 받았다.

자연 다음과 같은 말이 오갔다.

"혜숙인 졸업하면 무엇을 할 거지?"

"S대학의 대학원에 갔으면 해요."

"C대학을 나온 사람이 S대학의 대학원에 들어갈 수가 있을까?"

"시험을 치러 성적이 특출하면 2, 3명쯤은 들어갈 수가 있다고 했어요."

"그런 방편이 있다면 혜숙은 틀림없을 거다."

"그렇지도 않아요."

"아냐. 혜숙은 머리가 좋으니까 그런 입학시험쯤은."

"선발시험이 아니고 능력시험이니까 보통의 시험과는 다르죠. 특출한 능력이 있다고 인정되어야 한다는 조건이거든요. 꼭 얼만가를 선발해야 한다는 그런 것이 아니니……"

"그래도 혜숙은 걱정 없을 거야."

"되건 안 되건 한번 해 볼 참예요."

하고 묵묵히 앉아 있더니 혜숙이 돌연 다음과 같은 말을 했다.

"선생님은 요즘 행복하세요?"

"행복?"

하고 유현은 쓸쓸하게 덧붙였다.

"행복과는 아주 동떨어진 거리에 있어."

그것은 유현의 실토였다. Y와의 연애는 마음대로 진척되지 않았고 따라서 가정생활은 엉망이었다. 유현은 거의 매일 외박을 하고 있었다. 이혜숙은 유현이 외박이 잦다는 사실만 알았지 Y와의 연애사건은 몰랐다.

126

Y는 C시에 있지 않고 D시에 있었기 때문이다.

"선생님이 행복하게 사실 수 없다면 누가 행복하게 살 수 있을까?"

이혜숙이 중얼거렸다.

"나라고 행복하게 살아야 하는 무슨 자격이 있나 뭐?"

유현이 웃었다.

"선생님은 건강하시구, 깊은 교양을 가지셨고, 마음대로 행동하실 수 있는 정도로 재산도 가지셨구, 뭣 하나 부족한 게 없지 않아요?"

혜숙이 정색을 하고 말했다.

"부족한 게 어디 한두 가진가."

유현이 한숨을 쉬었다.

"선생님께 부족한 게 있다면 가정불화 아녜요? 왜 가정을 그 꼴루 해 둬요? 사모님과 화해를 하시고 의논하여 좋게 살아가실 방도를 강구하시든지 혁명을 하시든지……"

유현은 할 말을 잃었다. 명색이 제자로부터 가장 아픈 곳을 찔리고 보니 당황하지 않을 수 없었던 것이다.

이혜숙의 말은 계속되었다.

"선생님, 교양이란 것이, 지혜라는 것이 자기를 지킬 수 있게 작용하지 못하면 그게 뭡니까. 전 유 선생님의 교양을 우리나라에선 일류라고 생각해요. 그런 분이 어째서 자기의 가정을 다스리지 못하고 이 여관 저 여관 돌아다니며 지내시느냐 말예요. 참으로 딱해요. 사람들이 선생님을 두고 있는 소리 없는 소리 지껄 여대는 것도 듣기 싫구요. 언젠가 이사장실에 들렀을 때 엿들었 는데, 앞으로 학장감은 뭐니뭐니해도 유현 씬데 가정이 말이 아 니라서 탈이란 말이 있었어요. 그 따위 학장직이 뭐 대단할 거 야 없겠지만 선생님의 학문에 지장이 있지 않겠어요? 정 가정을 다스리지 못할 바엔 혁명을 하세요. 제가 도와드리겠어요, 선생 님."

유현은 멍하니 듣고만 있을 수밖에 없었다.

유현은 지금도 그 무렵의 고민을 상기하면 가슴이 에이는 듯 하다.

유현은 Y를 진정으로 사랑했다. 그런데 그 사랑을 완수하기 위해선 가정을 청산해야만 했다. 가정의 청산은 쉽지 않은 일이 었다. 집안과 집안 사이에 얽혀 있는 관계를 단절해야만 비로소 가정을 청산할 수가 있는 것인데 상대방 가정에 교섭하기 이전 유현의 부모가 막무가내였던 것이다.

"이놈, 죄 없는 여자와 이혼을 하다니 하늘에서 벼락이 떨어 질 것이다."

유현의 아버지는 유현이 아예 두말을 못하게 호통을 쳤다.

그런 상황이었으니 이혜숙의 충고가 아무리 성실해도 소용이 없는 노릇이었다.

이혜숙은 이별의 인사라고 하며 가정을 다스릴 자신이 없으면 혁명을 하라는 권고를 남기고 다음과 같이 덧붙이기도 했다.

"선생님이 이때 결단을 내리시지 않으면 저까지도 선생님을 경멸할 거예요."

그런 일이 있고 반년쯤 흘렀을까.

C시의 거리에서 유현이 혜숙을 만났다.

근처의 다방엘 들어갔다.

"방학이라서 돌아왔나?"

S대학의 대학원에 들어간 이혜숙에게 유현이 물었다.

"방학이라서 돌아온 게 아니고 대학원을 그만두고 돌아왔어요."

하는 혜숙의 대답이었다.

유현이 그 까닭을 알고 싶어 했다.

"아르바이트를 하며 대학원에 다니려고 하니 너무 힘이 들어요. 등록금이 벅차구요."

아닌 게 아니라 혜숙의 그러지 않아도 빈혈성인 얼굴이 눈에 뜨일 만큼 핼쑥해 있었다.

"건강을 상하지나 않았나?"

"선생님은 절 걱정해 주시는 거예요?"

혜숙의 말이 이상한 빛깔을 띠었다.

"그래 걱정이다."

그러자 혜숙이 정색을 했다.

"그런 걸 립 서비스라고 하는 겁니다."

"립 서비스?"

"그래요. 전 선생님께 세 번 편지를 썼어요. 제 마음이 괴로울 때마다 편지를 쓴 거예요. 그런데두 선생님은 답을 주시지 않았어요."

"……"

"제 건강을 걱정하실 정도이면 편지 한 장쯤 주실 수 있잖았을까요?"

"미안하게 됐다."

고 하고 유현은 이혜숙이 보낸 편지를 회상했다. 유현은 그 편지가 하나같이 추상적이었다는 사실을 상기했다.

추상적이니만큼 일반론적이었다. 유현은 추상적 일반론적인 편지에 흥미를 느낄 수가 없었고 따라서 꼭 답장을 써야겠다는 절박성을 느끼지 않았다.

"미안해하실 건 없어요. 제가 선생님껜 그 정도의 여자였던가 싶으니 조금 슬펐을 뿐예요."

"혜숙의 편지는 너무나 철학적이었어. 말하자면 정이 없더만."

유현이 덤덤하게 말했다.

"가슴속의 넋두리를 추려 내고 추상적으로 감정을 적으려니 얼마나 고통스러웠을까 하는 생각은 해 보시지 않았어요?"

"그런 고통이 있었던가?"

"있지 않구요."

"그럼 내가 편지를 잘못 읽은 게로구먼."

"정이 없었기 때문이겠죠."

"아냐. 나는 그 편지를 경제학도의 버릇이 그냥 노출된 것이라고만 생각했지. 경제학자의 추상화 능력이란 것이라고 판단한 거야."

"요컨대 정이 없었던 거예요."

유현은 다시 부정할 용기가 없었다. 잠자코 있었다.

"선생님."

하고 혜숙이 불렀다.

"응?"

유현이 고개를 들었다.

"선생님 제게 술 한 잔 사 주시지 않을래요?"

"술?"

"예, 그래요."

"술을 마시나?"

"어쩐지 선생님하구 술을 한 잔 했으면 해요."

"그러지 그럼."

"선생님도 저도 모르는 술집에 가서 술을 사 줘요."

"C시에 날 모르는 술집이 있을까?"

"생각해 보세요. 인구 십만의 도시에 모르는 술집이 없을라구요."

"삽십 년을 살아 온 고장이니까."

하면서 유현은 변두리에 있는 낚시터를 생각했다. 새로 생긴 그

낚시터엔 자기를 모르는 술집이 있을 것 같았다.

"낚시터로 가볼까?"

"도동 말예요?"

"그렇지, 너무 멀까?"

"멀수록 좋아요."

유현과 이혜숙은 다방에서 나왔다. 택시란 게 없었던 때였다. 화물차를 이용할 수밖에 없었다.

두 사람은 화물차의 짐칸에 서서 흔들리며 낚시터로 갔다.

"애인끼리 트럭을 타고 소풍을 가도 로맨틱한 스토리가 될까요?"

하고 혜숙이 웃었다.

"애인끼리라면 달구지를 타고 가도 로맨틱하겠지."

유현이 덤덤히 받았다.

"그럼 우리의 이 드라이브는 어떻게 되나요?"

"바보스런 교수와 똑똑한 제자와의 시니컬 스토리가 되겠지."

혜숙은 "핫하" 하고 웃었다.

그때만 하더라도 유현이 혜숙의 진심을 알았어야 했을 것이었다. 유현으로서는 꿈에도 상상하지 못한 일인데 혜숙은 유현을 사랑하고 있었다.

낚시터 술집의, 발을 친 방안에 자리를 잡자 혜숙은 무엄하게도 가득히 따라 놓은 술잔을 단숨에 마셔 버렸다.

"대학원에 가겠다고 우겨 놓고 힘이 모자라 어떻게 할 수가 없으니 창피해서 죽을 지경이에요."

혜숙이 술에 취하자 이렇게 시작했다.

"학비가 문제라면 내가 도와주지."

유현이 진정으로 말했다.

"선생님이 절 위해 독지가가 되겠다 이 말씀인가요?"

혜숙은 어느덧 혀가 꼬부라져 있었다.

"독지가랄 것까지야 있겠나. 옛날의 스승으로서 약간의 도움
이 되겠다는 얘길 뿐이지."

"선생님."

"응?"

"남 걱정 마세요."

"남 걱정은 안 해."

"그럼 왜 제 걱정을 하는 거예요?"

"혜숙은 남이 아니니까."

"남이 아니고 무어죠?"

"쑥스러운 표현을 빌면 제자."

"제자?"

하더니 혜숙은 유현에게 잔을 내밀고 말했다.

"선생님은 왜 가정의 혁명을 안 하시죠?"

"용기가 없어."

"그 용기 제가 보태드릴까요?"

"보태 줘."

"그럼 저 시키는 대로 하세요."

"하지."

"꼭 하실렵니까?"

"꼭 하지."

"그럼 말할게요."

"말해 봐."

"저와 같이 도망가요."

"도망?"

유현이 어처구니가 없어 물었다.

"그래요 도망가요."

"어디로 갈까?"

"어디든 좋아요. 선생님의 가정이 없는 곳이면 어디든 좋아요. 가정 있는 곳에 선생님이 계시면 선생님은 썩어요. 형편없이 썩어 버려요."

"가정 있는 곳에 있어서 썩는다면 어디엘 가더라도 썩어."

"그런 말씀 마세요, 선생님. 선생님은 저와 도망가야 해요."

"난 도망가야 할 이유가 있다고 치더라도 혜숙에겐 그런 이유가 없잖아."

"제게도 있어요."

"무슨 이유가 있다는 거냐?"

"대학원을 계속하지 못하면 전 시집을 가야 해요. 이 꼴로 시집을 가야 해요. 시청에 다니는 월급쟁이한테 시집을 가야 해요."

"시집을 가서 내 가정 같은 것 아닌 좋은 가정을 꾸미면 될 게 아닌가?"

"선생님의 가정을 그 꼴로 해 놓구 전 시집 못 가요."

"혜숙이, 술에 취했군."

"취했었어요, 물론. 그러나 말은 진정이에요, 선생님. 도망 못 갈 이유가 어디 있어요. 그 알량한 삼류대학의 교수직? 오동나무 몇 그루 서 있는 그 집? 기막힌 사모님? 개구쟁이 아들? 그걸 버리지 못해 도망을 못 가요? 선생님이 도망갈 용기만 있으면 제 처녀를 드릴게요. 시청 공무원에게 줄 처녀를 선생님께 드릴게요. 제게 선생님의 사랑을 받을 자격이 없을까요? 사랑까지 안 돼도 돼요. 제 처녀만 받아 주시면 돼요."

혜숙은 한동안을 이렇게 지껄이다가 유현의 무릎 위에 엎드려 울음을 터뜨렸다.

그때의 정황을 회상해 본다. 유현 그때 무릎 위에 있는 혜숙일 거북하게 여겼을 뿐이고 그때 D시에 있는 Y를 생각하고 있었던 것이다.

그리고 까마득히 25년이란 세월이 흘렀다.

유현이 이혜숙을 마지막으로 보았을 때의 기억을 되살려 본다. 이혜숙과 유현이 낚시터로 놀러간 일이 있은 지 두 달쯤 지난 후 대학에서 이혜숙을 조교로 채용하자는 제안이 어디서부터인지 나왔다.

그때 유현은 모처럼의 수재를 지방대학의 조교로 부려먹고만 있다간 장래에 기할 바가 없으니 대학으로서도 본인으로서도 손해가 될 것인즉 재단의 장학생으로 해서 서울대학의 대학원에서 계속 공부를 시키면 어떻겠느냐는 제안을 했다.

그 의견은 곧 부결되었다. 제도적으로 그런 장학생을 양성할 목적이면 모르되 이혜숙 하나만을 그렇게 특별 취급할 수 없다는 반대 이유가 지배적이었던 것이다.

그것까지는 좋았다. 그런데 이미 조교로서의 채용은 발령만 안 했다뿐이지 결정된 거나 마찬가지였는데 돌연 취소가 되었다. 그 까닭을 알 수가 없어 유현은 적잖이 분개했다. 그러나 그땐 유현이 P시에 있는 어느 신문사의 초빙을 받아 떠날 작정으로 있었기 때문에 공공연하게 불만을 털어놓진 않았다.

그가 C시를 떠날 때까지 이혜숙이 유현의 눈앞에 나타나질 않았다.

직장을 바꿨다고는 하나 집을 이사한 것이 아니라서 종종 C시에 돌아올 기회가 있을 것이기도 해서 떠날 때 이혜숙을 만날 수가 없어도 그다지 마음에 부담 같은 것을 갖진 않았다.

이혜숙의 조교 채용이 취소된 까닭을 유현이 안 것은 P시의 신문사로 온 지 석 달쯤 후의 일이었다. C대학에 있을 무렵, 각별하게 친하게 지낸 팽덕환 교수가 P시에 놀러 와서 술자리가 베풀어졌는데 그 자리에서 팽 교수가 그 진상을 털어놓은 것이다.

"들으면 기분 나쁠 테지만 알 것은 알아 둬야 한다. 이혜숙의 조교 발령이 왜 취소되었는지 모르지? 유 교수와 이혜숙 사이에 불순한 관계가 있다고 이사회에 밀고한 놈이 있었던 거야."

"뭐라고?"

유현은 새파랗게 질렸다.

세상은 참으로 겁난다는 생각에 오싹했다.

'누가 그 비밀을 알았을까.'

낚시터에 있는 어느 여관방에서 하룻밤을 새우고 이튿날 새벽 돌아온 후론 유현이 이혜숙과 단둘이 만난 적은 전연 없는 것이다.

어쩌다 피차가 흥분한 바람에 낚시터 여관에서 뜬 눈으로 새웠는데 그때 두 사람은 굳게 맹세했다. 좁은 바닥이라 두 사람의 이런 관계가 탄로 나기라도 하면 이만저만한 망신이 아닐 것이니 다신 이런 일이 없도록 조심하자고 다짐다짐하고 그 다짐대로 실행하기도 했었다.

"나와 자넨 항상 같이 있은 셈 아닌가. 그래서 완강하게 부인도 했지. 그러나 내가 그런 소문 때문에 이혜숙의 조교 발령이 취소되었다는 걸 안 것도 훨씬 뒤의 일이야. 아무튼 나쁜 놈들이야. 터무니없는 소문을 내서 사람을 망칠려고 드니 말야. 자네야 뭐 이름난 플레이보이니까 검은 개에 검정이 묻는 정도일 테이지만 이혜숙은 처녀 아닌가. 설혹 그런 사실이 있었더라도 덮어줄 줄도 알아야 하는 건데."

"그래 이혜숙은 어쩌고 있어?"

돌연 그녀가 측은해진 마음으로 유현이 물었다.

"통 나타나지 않으니까 어떻게 되었는지 나도 모른다. 아마 C 시엔 없는지도 몰라."

유현이 좀 더 따지고 물었지만 팽덕환은 조교 발령이 취소된 그 무렵부터 그녀를 볼 수 없었다고 했다.

"세상은 무섭지?"

유현이 중얼거렸다.

"뭣이?"

팽덕환이 물었다.

"죄 짓곤 배겨 낼 수 없어."

"죄를 짓다니?"

"꼭 한 번이었지만 나와 이혜숙 사이에 그런 관계가 있었다." 며 유현이 낚시터에서 있었던 일을 고백했다.

"자네의 그 기분파적인 행동은 문제야. 앞으론 제발 조심해라. 그러나 지나간 일을 어떻게 하나. 잊어버리고 술이나 먹자." 하고 팽덕환은 화제를 바꾸어 버렸다.

그런 일이 있고 1년이 지났을까.

그렇다. 그날은 1960년 3월 15일이었다.

오후 다섯 시가 가까웠을 때 정문 수위가 손님이 찾아왔다고 전화로 알려왔다. 유현이 그땐 눈코 뜰 사이 없이 바빴다.

그날은 정·부통령의 선거가 있는 날이라서 더욱이나 바빴다.

당신엔 신문이 조석간을 내고 있었다.

주필에 편집국장을 겸한 유현이 부장들을 모아 놓고 지시를 하고 있는 중이었는데 수위로부터 재차 연락을 받곤 2, 3분 동안만 갔다 오겠다는 말을 남겨 놓고 아래층 현관으로 달려갔다.

수위실 맞은편 벤치에 앉아 있었던 사람은 혜숙이었다.

빛이 낡은 코트를 입고 머리를 숏커트한, 화장기라고는 없는 혜숙의 얼굴은 30세를 지난 여자처럼 늙어 보였다. 여윈 탓으로 눈이 유난히 커 보이고 코가 우뚝 솟아 있었다.

"너 어디 아픈 것 아니니?"

유현의 첫말이 이랬다.

"아픈 덴 없어요."

하고 이혜숙은 웃었다. 헌데 그 웃음이 어쩌면 그처럼 쓸쓸했을까.

"그런데 왜 그렇게 여위었지?"

유현은 안타까운 마음을 이렇게 표현했다. 그 말엔 대답하지 않고 혜숙은

"우연히 이곳에 온 김에 선생님이나 한번 보려고 들렀어요."

하고 대단히 미안한 행동이나 한 것처럼 변명하는 투로 말했다.

"잘 왔어. 그렇지 않아도 나도 보고 싶었어. 헌데 지금은 굉장히 바빠. 일곱 시쯤이면 퇴근할 수가 있어. 같이 식사나 하자구. 볼일 대강 보고 저기 와 있어."

하고 유현은 혜숙을 신문사의 문 밖으로 데리고 나와 건너편에 있는 다방을 가리켰다.

혜숙은 말없이 고개를 끄덕였다.

자기 책상으로 돌아와 유현이 정신없이 기사를 정리하고 있는데 마산에서 전화가 왔다며

"국장님 직접 받아 보세요."

하고 어느 기자가 뛰어왔다.

유현이 전화기를 들었다. 전화를 하고 있는 사람은 마산의 지사장이었다.

"지금 창원에 나와서 전화하고 있습니다. 마산엔 지금 데모가 일어나서 야단입니다. 빨리 카메라맨과 기자를 보내 주세요. 큰일났습니다……"

유현이 차근차근 말해 보라고 지사장에게 일렀다. 지사장의 말을 간추리면 다음과 같았다.

오후 다섯 시쯤 십수 명의 민주당원이 '부정선거를 규탄한다'는 플래카드를 들고 거리로 뛰쳐나왔다. 그러자 시민들의 호응이 있어 순식간에 수천 명의 데모로 부풀었다.

학생들이 이에 가세했다. 부정선거를 규탄한다는 외침이 거리를 메웠다. 부정선거를 규탄하는 데모 군중은 수만 명으로 부풀었다. 경찰은 속수무책으로 증원군이 오기만을 기다리고 있는데 마산경찰서는 군중들에 의해 포위되고 언제 불측의 사태가 발생할지 모른다는 얘기였고 몇 개의 파출소가 파괴되었을 뿐만 아니라 전화선이 끊어진 때문에 창원에까지 나와 전화를 걸고 있다는 것이다.

주저할 시간이 없었다. 경찰 출입 기자와 체육 기자와 카메라맨들로 한 팀을 만들어 지프차를 태워 마산으로 보냈다.

그러자 얼마 후 경찰국장의 지령이라고 하며 마산사태에 관한 기사는 경찰이 발표한 것 이외는 보도하지 못한다는 붉은 잉크로 등사된 문서가 전달되었다.

유현은 사장과 의논한 후 신문사의 정·후문을 폐쇄해서 외부인은 물론이고 사원들의 출입까지도 일체 엄금했다. 마산사태의 진전에 따라선 무슨 일이 생길지 몰랐기 때문이다.

편집국 내는 흥분의 도가니가 되었다.

이윽고 마산에서 기사가 전화송고되기 시작했다. 남성동 파출소가 타오르고 있다는 것이며 자유당 국회의원 허모 씨의 집은 군중에 의해 산산이 부서졌고 데모의 광풍이 세차게 불고 있다는 내용이었다.

이어 증파된 경찰관들에 의해 발포發砲가 시작되었는데 많은 사상자가 있을 것으로 예상되지만 확인할 순 없다는 기사가 전해져 왔다.

이래저래 유현은 새벽 세 시까지 마산사태의 기사 정리에 몰두하고 있었는데 최종적인 강판降板이 있고 나서야 겨우 한시름 놓게 되었다. 소파에 기대앉아 담배를 피워 물었다. 그때 겨우 이혜숙과의 약속을 어겼다는 사실을 깨달았다.

그러나 사태가 사태인 만큼 혜숙이 양해해 주겠지 하는 마음이 있었다.

'날이 새면 혜숙이로부터 연락이 있겠지.'

하는 기대도 가졌다.

마산의 사건은 상상한 것보다도 엄청났다. 그런데다 각지에 연쇄반응이 일어났다.

유현의 나날은 그야말로 눈코 뜰 사이가 없을 만큼 바빴다.

하나 그런 바쁜 사이에도 이혜숙으로부터 연락이 있기를 바라는 마음이 있었다. 못다 한 말이 너무나 많았고 새롭게 시작해야할 말도 있었다.

유현은 이혜숙을 신문사의 조사부에 데리고 올 작정을 하기까지 했다.

뒤에 안 일이지만 이혜숙은 3월 15일의 그날 여섯 시쯤부터 다방이 문을 닫는 열한 시까지 그 다방에서 기다렸다고 한다. 유현의 실수는 다방엘 나가지 못할 형편이면 전화라도 걸어야 했을 것을 그것마저 잊고 있었다는 사실이다. 민감한 이혜숙이 그걸 생각하지 않았을 까닭이 없었다.

그런데 전화 한 통 없었고 보니 혜숙은 유현에게 대해 완전히 실망해 버린 것이었다.

유현은 그때의 일을 회상하며 만일 이혜숙이 그때 다시 나났더라면 신문사의 조사부에서 일하게 되었을 것이고, 그랬다면 그 영리한 여자는 남녀 동료 가운데서도 두각을 나타냈을 것이니 지금쯤 여류 언론인으로서 중진적인 역할을 맡고 있을지 모른다는 생각을 해 보았다.

물론 한정숙이란 아이가 있을 까닭도 없구‥‥‥ 자살할 까닭
도 없구‥‥‥ 인생이란 어줍잖은 우연에 좌우되고 마는 허망한
흐름과 같은 거란 새삼스런 센티멘털리즘이 일기조차 한다.

　유현은 다시 기억을 더듬어 보았다.

　3·15의 그날이 있고 반년쯤 지나선가, 유현은 혜숙으로부터
한 통의 편지를 받은 적이 있다는 생각이 났다. 그 내용을 소상
하게 기억할 순 없지만 대강 다음과 같은 것이었다.

　"꼭 드릴 말씀이 있었는데 선생님은 그 기회를 회피하고 마셨
군요. 그 회피가 일단은 선생님을 위해서 유리할 것이란 생각이
있고 해서 재차 거론을 하지 않겠습니다. 그러나 제가 선생님께
꼭 말해야 할 중대한 안건을 가지고 있다는 사실만은 잊지 말아
주시기 바랍니다. 선생님은 선생님의 길을 걸어가시고 나는 나
의 길을 걸어갈 뿐입니다. 먼 훗날 만날 날이 있겠죠. 20년이나
30년 후쯤에‥‥‥. 그런 날이 오기까진 전 선생님을 찾지 않을
것입니다. 선생님은 물론 저를 찾을 까닭이 없으실 거구요‥‥‥"

　이런 내용의 편지였는데 유현이 그때 그 편지를 어떤 감정으
로 읽었는진 기억해 낼 수가 없다. 그때만 해도 Y와의 사랑은 P
시란 거리를 두고도 계속되고 있었던 것이다.

　유현의 청춘을 끝장낸 사건이 그로부터 반년 후에 발생했다.
그는 필화사건으로 영어의 몸이 되었다. Y와의 관계는 단절되고
이혜숙에 대한 관심도 사라졌다. 스스로의 운명을 견디어 내는
것만으로도 벅찼던 것이다.

3년 가까운 감옥생활을 치르고 나왔을 때 유현을 기다리고 있는 건 전연 별개의 세계였다. 부득이 서울에서 살게 되었다는 그 사정만으로서가 아니라 전엔 꿈에도 생각하지 않았던 사업에 손을 대게 된 것이다.

무슨 까닭 어떻게 할 요량으로 사업을 했는지 지금 생각해도 유현은 얼굴을 붉힌다. 한마디로 말해 유현이 경솔했다. 유현은 사업에 실패하고 산더미 같은 빚만 안게 되었다.

이 무렵 유현이 어느 친구와 다음과 같은 대화를 나눈 적이 있다.

친구 사업에 실패하고 배운 게 뭐냐?

유 사업가란 불쌍한 인간들이란 걸 알았다.

친구 실패한 사업가는 불쌍할는지 몰라도 성공한 사업가가 왜 불쌍한가?

유 사업을 하고 있으면 사람은 자기의 주인이 될 수 없어. 요컨대 자기가 자기의 주인이 될 수 없단 말일세.

친구 돈의 노예가 된다, 이 말인가?

유 굳이 돈의 노예라고 할 것까진 없어. 사업을 하면 시간을 자기 마음대로 쓰지 못한다는 뜻 정도로 이해해 두게.

친구 사업가만 자기의 주인이 될 수 없는가. 무슨 직업이건 따지고 보면 다 그런 거야.

유 그러나 예외가 있지.

친구 예외가 뭔가?

친구 그럼 자네 예술가가 되어 볼 참인가?

유 소설을 예술이랄 순 없지만 소설을 써 봤으면 해.

친구 그것 좋은 생각이군.

유 좋은 생각일까?

친구 발표할 지면은 내가 주선해 줄 테니까……

이런 대화가 계기가 되어 유현은 결국 소설가가 되고 말았다. 자기 자신 신통한 소설가라고 생각하진 않지만 유현은 소설가가 됨으로써 비로소 마음과 생활에 안정을 얻은 것이다.

유현은 막연하게 이혜숙을 생각하며 소설의 공덕功德이란 것을 느꼈다.

유현이 소설을 쓰지 않았더라면 한정숙이란 독자는 없었을 것이고 따라서 이혜숙의 일생을 살펴볼 계기란 없었을 것이니 말이다.

아무튼 유현은 이혜숙의 진혼곡鎭魂曲을 써야겠다고 마음먹었다. 바쁜 원고가 있었지만 전부를 미뤄 두기로 하고 짐을 챙기기 시작했다. 별안간 짐을 챙기고 있는 남편을 보고 부인이 물었다.

"어딜 가시려고 그러우?"

"기약 없는 여행이야."

"밀린 원고는 어떻게 할 거요?"

"그게 걱정이 되면 당신이 쓰시구려."

"쓸데없는 말씀 그만두고 어딜 가실 작정이우?"

"그저 답답해서 어디 좀 다녀와야겠어."

"그게 어디냔 말예요?"

"아직 정하지 않았어. 버스 터미널에 나가서 생각해 볼 작정이오."

"그럼 나도 따라가야겠어요."

유현이 왈칵 부아가 치밀었다.

"당신 왜 이러는 거요?"

"당신 날 데리고 여행한 적 있수? 한 번쯤 데리고 가 주면 어때서 그래요?"

"내가 놀러 가는 줄 알아?"

유현의 말이 거칠게 나왔다.

"그럼 놀러 안 가고 일하러 가우?"

"그렇지, 조용한 데 가서 글을 써야겠어."

"거짓말 말구 바른 대로 대요. 이번엔 어떤 년하고 놀아나려는 거요?"

부인의 말투는 앙칼스럽게 변했다.

그 순간 유현은 이혜숙의 얼굴을 똑똑하게 보았다. 같이 도망치자고 하던 혜숙이. 선생님은 가정 혁명을 해야 한다고 말하던 혜숙이의 얼굴이 완연히 눈앞에 나타난 것이다.

그래서 유현은 조용히 말했다.

"20년 전에 헤어진 여자를 만나러 가는 거요."

그러고는 가방을 챙겨 들고 집을 나섰다. 20년 전에 헤어진 여자라는 바람에 유현의 아내는 Y여사를 연상할 것인지 모른다. 부인은 굳은 표정으로 말문을 닫아 버렸다.

Y여사의 용기 있는 결단으로 해서 유현의 부인은 아직껏 유현의 곁에 남아 있을 수 있게 된 셈이다. 부인은 그 당시의 거센 회오리바람을 기억하고 말문을 닫아 버린 것이다.

유현은 버스 터미널 가까이 가서야 아내가 돌연 잠잠해 버린 이유를 겨우 짐작했다. 그리고 아내의 그 엉뚱한 오해를 야릇하게도 안타깝게도 여겼다.

한 시간을 기다리곤 마산으로 향한 버스에 오를 수가 있었다. 버스가 움직이기 시작하자 유현은 가슴속으로 중얼거려 보았다.

'과거를 향한 여행! 잃어버린 시간을 찾아가는 나그네.'

가장 소중한 것을 요긴했을 땐 지나쳐 버리고 환원불능還元不能하게 된 상황에 이르러서야 그것이 소중한 것이었다는 사실을 겨우 알게 되는 인간의 우열愚劣함을 유현은 뼈저리게 느끼면서도 문학이란 결국 그러한 우열을 서러워하는 슬픈 작업이 아닐까 하는 생각을 해 봤다.

냉방이 되어 있는 버스칸에 앉아 바라보는, 다음다음으로 전개되는 성록盛綠의 여름, 그 산과 들과 시내와 마을!

태양은 중천에 이글거리고 생명은 무성히 푸르르게 치장하고 있는데 보는 눈은 단절된 냉방 속에서 있다는 구도構圖는 확실히 문명을 상징하는 한 토막이 아닐 수 없다는 느낌을 바탕으로 유현은 시선을 줄곧 바깥으로 돌리고 있었다.

이렇게 여름의 풍경 속을 누벼 잃어버린 시간을 찾아가는 것도 나쁠 것이 없다는 감상이 괴기도 하는데 유현은 문득 해방 후 다음 해의 여름, 이광학李光學이란 친구와 자동차 여행을 했던 일을 상기했다.

같은 학교에서 근무하고 있던 유현과 이광학은 그해의 여름방학을 이용해서 C시에서 서울까지 자동차로 가 보자는 데 의견을 모았다.

당시 C시와 서울과의 교통수단은 오직 기차일 뿐이었다. C시에서 출발, 삼랑진三浪津까지가 줄잡아 네 시간, 삼랑진에서 바꿔 타고 서울까지가 열 시간, 장장 열 네 시간의 기차 여행도 지루한 것인데 직행이 있을 까닭도 없고 도로 사정도 지극히 나쁜 자동차 여행을 해 보자고 한 데는 조국의 산하를 나름대로 살펴보자는 의도가 있었던 것이다.

두 사람은 꼭같이 1년 전의 봄에 중국에서 돌아왔었다. 중국에서 2년 동안 일제日帝의 용병傭兵 노릇을 했고, 그보다 선행된 4, 5년은 일본에서 유학하고 있었기 때문에 조국의 산수를 골고루 알 기회가 없었다. 그래서 이 기회에 자동차 여행을 해 보기로 한 것이었다.

유현은 그때의 코스를 기억 속에서 정리해 보았다. C시에서 마산까지 와서 거기서 창녕으로 가는 버스를 탔다. 창녕서 하룻밤을 묵고 대구까지, 대구에서 하루를 묵고 대전까지 나왔다. 왜관, 김천, 영동, 추풍령, 옥천, 대전의 순서였는데 길이 무척이나 나빴다. 길이 나쁘고, 덥고 한 바람에 대전 근처의 유성온천까지 갔을 땐 지칠 대로 지쳐 목욕탕엘 갈 기력을 회복하기 위해서도 한참이 걸렸다.

그들이 지친 것은 물론 더위와 악로惡路 때문만은 아니다. 눈에 보이는 대로의 풍경에 처참한 가난의 흔적을 보았고, 그 가난이 자기들도 모르는 사이에 충격을 누적시킨 결과가 되어, 이를테면 정신적으로도 기진맥진했던 것이다.

"일본의 농촌은 이에 비하면 천국이 아니더냐?"

두 사람 가운데 누군가가 이렇게 말했을 것이고,

"그래 여기에 비하면 일본의 농촌 풍경은 천국의 풍경이라."

고 한 사람이 답했을 것이었다.

중국과의 비교도 물론 있었다.

두 사람은 주로 양자강 남안에 있었는데 그 풍부한 풍경을 뇌리에 두고 이제 조국의 풍물을 보면 참으로 어이가 없었다.

"너 중국에서 초가집을 본 일이 있나?"

"없어."

"가난한 농민의 집도 모두 덩실한 기와집이었으니까. 넓은 들, 만만한 물, 곳곳마다 동산이 있고, 동산에 숲이 우거지고 …… 십 년 가까이 전쟁터가 되어 있었는데도 외관상으론 조금도 비참하다는 인상이 없었으니까."

아닌 게 아니라 상숙常熟, 상주常州, 무석無錫, 진강鎭江, 소주蘇州 등지의 교외에 있는 농촌은 모두 기와집의 취락이었다. 검은 기와, 높은 담장의 흰 빛, 그 집들이 연록의 수양버들 사이에 조는 듯하고 있는 샛노란 유채꽃이 황홀한 수를 놓고 있는 봄철!

여름 또한 장관이었다. 일망무제의 들에 청도靑稻가 바람의 쓰다듬을 받고 푸른 파도처럼 유착이는 군데마다에 연못이 있고 연못에선 이제 막 돋아난 연꽃 봉오리가 천사의 합장처럼 정결했으니…….

유현은 그 자동차 여행 중에 이광학과 무슨 말을 주고받았을까 하고 기억의 먼지를 털고 있으면서 마음속으로 눈물짓고 있는 스스로를 발견했다.

'아아, 그 친구와 같이 이 길을 달릴 수가 있었다면…….'

이광학은 그로부터 4년 후, 6·25동란 중에 인민군에 의해 살해되고 말았던 것이다.

'그의 죄는 공산당이 아니란 죄밖에 없었다. 교사는 교사답게, 학생은 학생답게 처신해야 한다는 신념으로 살았다는 것이 어떻게 죄가 될까. 그처럼 성실한 사람, 그처럼 인정스러운 사람을 찾긴 힘들 것이다. 그만한 인물을 만들어 내기란 어려울 것이다. 그런데 어떻게 흉악하길래 그런 사람을 죽일 수 있단 말인가 …….'

자기도 모르게 유현의 뺨에 눈물이 흘러내렸다. 옆에 타고 있

었던 사람이 그걸 보았던 모양으로

"손님, 무슨 슬픈 일이라도 있었던 거유?"

하고 물었다.

유현은 약간 당황하는 마음으로 눈물을 얼른 닦아 버리면서도 쓸데없는 참견 말라는 마음으로 되진 않았다. 그의 말에 정이 느껴졌기 때문이다.

그래 유현은 중년을 얼만가 지난 듯한 그 사람에게 솔직한 심정을 털어놓았다.

"죽은 친구를 생각하고 있는 겁니다."

"언제 죽었는데요?"

"육이오 때죠."

"그럼, 이십수 년 된 얘기네요. 이십수 년이 지났는데도 그러시는 걸 보니 퍽이나 친하셨던 모양이죠?"

"친했다는 것보다 그 친구는 참 좋은 사람이었고 훌륭한 사람이었어요."

"좋은 사람이 빨리 죽는답니다. 어쩐 일인지."

버스는 어느 마을 앞을 지나고 있었다.

해바라기의 대륜大輪의 꽃이 태양을 향해 화려하게 웃고 있었다. 유현은 가벼운 혐오감을 느꼈다. 무슨 까닭인지 그는 해바라기꽃이 싫었다.

마을마다 취락구조를 개조하고 있었다.

옛날의 그 쓰러질 듯한 초가들의 궁색스런 모습을 볼 수 없는 것은 다행한 마음이었지만 지붕을 노랗게, 또는 빨갛게, 극채색으로 칠한 덴 약간의 거부반응을 가졌다. 한국의 자연풍경 속엔 진회색 계통의 슬레이트나 기와지붕이 어울릴 것이 아닌가도 싶었다.

짙은 녹색의 숲속에 있는 집이면 너무나 야한 누른빛을 제외하곤 무슨 빛깔의 지붕이건 상관없겠지만 숲이 모자라는 평지에 허허하게 드러내 놓은 경우, 파랑, 빨강의 지붕은 어울리지 않는 것인데, 행정지도가 아쉽다는 생각도 들었다.

지루한 탓인지 아까의 그 사나이가 말을 또 걸어왔다.

"새마을 운동은 좋지만 초가지붕을 없애 버린 건 좀 뭣하지 않습니까?"

"궁색을 빨리 면하려고 하니까 자연 그렇게 되어 버린 거죠."

"지붕이 문제가 아니라 집 뼈대가 문제거든요."

"그래서 취락구조를 바꾸고 있는 게 아닙니까?"

"그게 또 문젭니다."

하고 사나이는 다음과 같은 말을 했다.

"농촌엔 돼지우리도 있어야 하고 외양간도 있어야 하는 겁니다. 그런데 저런 취락구조로선 돼지우리도 만들 수가 없고 외양간도 만들 수가 없습니다. 보기만 좋게 외관을 만들어 놨지만 농가로서 쓸모가 없다, 이 말입니다. 저기다 돼지우리나 닭장, 외양간, 퇴비장을 만들어 보시우. 모처럼 한 외관이 뭣 됩니까. 농촌의 집은 농촌 독특한 멋이 있는 동시에 쓸모가 있어야 하는 겁

152

니다. 도시의 문화주택을 닮기가 바빠 모두 저 모양으로 집을 지어 놨는데 어쩔 작정인지 알고도 모를 지경이지요."

유현이 뭐라고 대답할 수가 없었다. 너무나 농촌에 관한 지식이 없었기 때문이다.

사나이의 얘기는 좀 더 계속되었다.

"문제는 그뿐이 아닙니다. 취락구조로 개조하라고 해서 호당戶當 이백만 원 가량의 융자를 해 줬는데 농촌의 형편이 말이 아닌 것 같애요. 그 돈을 갚기가 아주 곤란한 모양입니다. 그뿐 아니고 저런 취락구조 개조한다고 엄청난 양의 시멘트가 들었기 때문에 건설사업에도 많은 지장이 있다는 것입니다……"

유현은 그 사나이가 퍽이나 많은 것을 알고 있구나 하는 마음으로 귀를 기울였다.

세상을 배우는 요량으로 귀담아 들어 두자는 생각도 겹쳤다.

그러나 어느덧 그는 자기의 생각을 쫓고 있었다. 20년 전의 농촌과 지금의 농촌이 외관만이라도 눈에 보일 정도로 바뀌어 있다는 데 세월의 무게 같은 것을 느꼈고, 이렇게 포장된 고속도로를 달리고 있는 것만 해도 굉장한 호사라는 마음이 들기도 했다.

동시에 되살아나는 회상들…….

'이광학 군과 이 길을 달려 보았으면……. 그놈은 고속도로도 모르고 텔레비전도 모르고 죽어 갔구나…….'

'이혜숙도 마찬가지다. 그녀도 고속도로도 모르고 텔레비전을 모르고 취락개조도 모르고 죽어 갔다……

마산에 도착한 것은 오후 6시 반쯤. 긴 여름해도 기울고 황혼의 엷은 막이 내리기 시작하고 있었다. 냉방에서 내린 탓인지 코에 온기가 물씬했다.

가까운 다방에 들러 수첩을 꺼내 놓고 한정숙에게 전화를 걸었다.

한정숙은 유현의 목소리를 확인하자,

"앗, 선생님이세예?"

하고 깜짝 놀란 소리를 하더니 어디서 전화를 하느냐고 물었다.

유현이 다방 이름을 가르쳐 주었다.

"제가 곧 그리로 갈께예."

하는 한정숙의 들뜬 말소리가 귓전을 스쳤다.

2분쯤 기다렸을까 한정숙이 나타났다.

이마에 땀방울이 솟아 있었다. 땀을 닦기에 앞서 수줍은 태도로 인사를 하곤

"이 다방엔 에어컨도 없네예. 에어컨 있는 다방으로 가시지예."

하며 유현의 가방을 들었다.

'왜 집에 가자고 하지 않고 다방엘 가자고 하는 걸까?'

하는 의혹이 스쳤지만 유현은 잠자코 한정숙의 뒤를 따랐다.

번화가의 어떤 다방으로 갔다. 써늘한 기분이 상쾌했다.

"어떻게 된 일입니까예?"

하고 한정숙이 웃음을 머금었다.

"그저 한번 와 본 거지 별다른 까닭은 없어."

"시장하지예. 조금 땀을 식히고 나서 식당으로 갑시다예. 참 뭘 잡수고 싶습니까예?"

"뭣이든 좋아. 난 아무거나 잘 먹으니까."

하면서도 유현은 한정숙이 왜 자기 집 여관으로 가자는 소릴 하지 않을까 했다. 그러나 그 까닭을 곧 알 수가 있었다.

"바로 집으로 모셔야 할 낀데예. 집엔 에어컨이 없어예. 그래 빨리 에어컨을 달라카고 안 나왔습니꺼."

"에어컨을?"

"예."

"나 때문에?"

"선생님 덕 보자카는 것 아닙니까예. 엄마가 구두쇠거든예. 벌써부터 에어컨을 달라고 해도 말을 안 들어예. 제일 좋은 큰 방에 하나만 달라고 해도예. 그런데 아까 선생님의 전화를 받고 선생님이 오셨는데 에어컨도 없는 방에 어떻게 모실 거냐고 했더니 엄마가 핏득하데예. 에어컨 집에 전화를 걸고 야단났어예. 저녁 식사하고 들어가면 에어컨 돼 있을 겁니더."

"그렇게까지 해서야."

하고 유현이 난처한 표정을 지었다.

"아니라예. 선생님 덕택으로 우리 집이 현대화되는 것 아닙니꺼."

다방에서 이런 말을 주고받다가 다시 거리로 나왔다.

마산은 변해 있었다. 옛날엔 한적했던 골목이 꽉 차게 붐비고 있었다.

"사람들이 많군."

유현이 중얼거리자

"20만 인구의 마산이 70만 인구의 마산으로 되었으니 사람이 많은 것 아닙니꺼."

하고 한정숙은 마산으로 들어온 큰 공장의 이름을 들먹였다. 그리고 다음과 같이 덧붙였다.

"인구가 많아져서 덕분에 우리 집 여관도 되지만예 옛날 마산의 아취라고 할까 그런 건 없어졌어예."

"아취하는 말을 아는 걸 보니 미스 한도 보통이 아니군."

"지방 대학의 학생이라고 깔보는 겁니까예?"

"천만에."

생선국 잘 끓이는 집을 찾아 식사를 했다. 여학생을 상대로 술을 마실 수도 없어 밥만 먹었던 것인데 식욕이 없었다. 마음의 탓인지 생선의 선도가 덜한 것 같았다.

이곳저곳에서 들려오는 말에 일본어가 섞여 있었다. 자유무역 센터인가 뭔가로 되어 마산에 일본인이 많이 들어와 있다는 애기를 들은 적이 있었지만 대중식당의 일상생활에까지 일본어가 끼어들고 있구나 하는 생각은 결코 유쾌할 수가 없었다.

보리차를 마시고 있을 때였다.

"선생님은 며칠이나 마산에 머무실 작정입니까예?"

하고 한정숙이 물었다.

"글쎄, 내일이라도 떠나야지."

"내일예?"

한정숙의 얼굴에 실망의 빛이 보였다.

"난 바빠, 한가한 몸이 아니거든."

"그래도 내일은 너무해예."

"무리를 한대도 이틀을 넘길 순 없어."

"가끔 한가하게 지내실 줄도 알아야 해예. 배를 타고 진해도 가보구 통영까지도 가 보구예. 가포 해수욕장은 안 되지만 조금 나가면 좋은 데가 있어예. 모처럼 바닷가에 오신 것 아녜예?"

"모처럼 왔지."

"그럼 넉넉잡고 일주일쯤 노시다가 가예."

"어림도 없는 소리."

하고 유현은 웃어넘겼다. 한정숙이 애원하는 투가 되었다.

한정숙의 그 애원하는 듯하는 말을 듣고 있으니 유현은 이혜숙과 같이 있는 것 같은 착각을 일으킬 뻔했다. 그 음성과 성색이 닮아 있다는 것을 그때서야 비로소 깨달았다.

한정숙이 자기 어머닐 닮아 있다면 틀림없이 머리가 좋을 것이란 짐작이 갔다. 그래 열적은 질문을 해봤다.

"미스 한도 머리가 좋지?"

"그다지 좋질 않아예."

"어머니를 닮았으면 머리가 좋을 텐데."

"어머니의 머리가 그처럼 좋았어예?"

"좋았구 말구. 난 아직 그처럼 두뇌가 좋은 여잘 만나 본 적이 없다."

한정숙이 돌연 생각하는 얼굴로 변해 갔다. 말이 없어졌다.

"미스 한 왜 그러나, 돌연 심각한 얼굴을 하구."

"그처럼 머리가 좋은 어머니가 무슨 까닭으로 평범한 월급쟁이, 그것도 하급 공무원인 아버지와 결혼을 했을까예."

한정숙은 묻는 투도 아닌 나직한 소리를 중얼거렸다.

유현이 할 말이 없었다.

"자살을 해야만 하는 처지로 왜 자기를 몰아 넣었을까예."

그 말은 유현을 빈정대는 것처럼 들렸다. 그래 유현이 얼른 말했다.

"자살이라고 어떻게 단정해?"

"아니라예. 어머니는 자살한 거라예."

"그런 상상은 못써."

"아니라예. 전 그렇게 믿고 있어예. 어느 때부터인지 그런 생각이 들었어예."

"확실한 근거도 없이 그런 추측을 한다는 건 나빠."

유현이 엄한 태도를 꾸몄다.

"그렇게 영리한 어머니가……"

158

하다가 말고 살래살래 고개를 흔들더니, 그 동작은 바로 어떤 때 이혜숙이 하던 동작과 꼭 같았는데 한정숙은 시계를 보았다. 그리고는,

"선생님 가 보실까예. 지금쯤 에어컨이 달렸을 낍니더."

하며 일어섰다.

여염집을 닮은 조그마한 여관을 상상하고 있던 유현은 석조 대리석으로 된 5층 건물이 자기 집이란 말을 한정숙으로부터 듣고 어리둥절했다.

유현이 발을 멈췄을 때 옥상의 〈금란여관〉이란 간판의 네온이 들어갔다. 엷은 황혼 속에 네온이 곱게 빛났다.

뜰엔 분수를 곁들인 축산築山이 있었다. 그 축산을 돌아 현관에 이르는 길이 양쪽으로 되어 있었다. 길을 따라 관목 산울타리를 친 화단이 아담했다.

사용인의 수가 꽤나 많아 보였다. 손님이 많다는 것을 짐작할 수 있었다. 마산시가 팽창함에 따라 이 여관도 커진 것이리라 싶었다.

한정숙이 유현을 안내한 곳은 5층 오른쪽 끝에 있는 방이었다. 대문 마당의 문이 닫혀 있었다. 그 문을 여니 현관 모양의 공간이 있었고 미닫이를 열었을 때 작은 방이 있었고, 다시 미닫이를 여니 넓은 온돌방이 나왔다. 양실洋室로 치면 슈트가 딸린 방이었다. 귀빈을 위한 특별실이란 느낌이었다.

벽 한쪽에 산수화의 열두 폭 병풍이 쳐 있고 그 앞에 새것으로

보이는 보료가 깔려 있었다. 방 중앙엔 화류로 된 응접탁, 응접탁 위엔 크리스털 물병과 글라스가 얹힌 은쟁반이 요염했다. 에어컨의 부드러운 음향으로 방안은 시원했다. 커튼을 젖히니 마산 앞바다가 한눈에 들어왔다.

"이 방 마음에 드셨어예?"

한정숙이 눈치를 살폈다.

"굉장히 호사스런 방이군. 이런 방이면 유럽의 일류 호텔에 손색이 없겠는데."

하고 유현이 두리번거렸다.

연한 녹색 무늬가 새겨진 벽지, 격자형으로 나무를 조합한 천정, 5각의 등잔형 샹들리에 등 모두 세련된 취미라고 할 수 있었다.

"인테리어는 전부 어머니의 아이디어로 된 것이라예."

정숙이 나직이 말했다.

"이만한 여관을 만들려면 꽤 많은 돈이 들었을 텐데 미스 한의 아버지 부자였던가 보군."

"아니라예. 처음에 산 여관은 쬐만했어예. 어머니가 늘린 거라예. 이 건물은 작년에 지었어예."

정숙이 자랑스럽게 말했다.

"미스 한의 어머닌 사업수단이 대단하신 분이군."

"사업수단뿐만 아니라예. 우리 어머니는 최고라예."

사정이야 어떠했건 계모를 자랑하는 한정숙을 유현은 착한 여자라고 느꼈다.

깨끗하게 생긴 중년 여자가 찻쟁반을 받들고 들어왔다. 유현이 그 여자가 정숙의 계모일 것이라고 짐작하고 긴장했다. 종업원이었다.

"목욕이라도 하고 조금 쉬었으면 하는데."

하자 정숙은 목욕탕으로 들어가 물을 틀어 보더니

"그럼 한 시간쯤 후에 오겠어예."

하고 나갔다.

유현은 샤워를 하곤 뜨끈한 탕 안에 팔다리를 펴고 한참 동안 있다가 나와 보료 위에 누웠다.

'나는 참으로 염치도 없는 놈이로군.'

하는 뉘우침 같은 것이 솟았다.

'무슨 주제에 여기까지 와서 이렇게 누워 있단 말인가.'

왠지 모르게 일종의 공포감 비슷한 게 일기도 했다. 어디에 무슨 함정이 있는 것이 아닌가 싶어서였다.

그러나 스르르 피로감이 엄습하는 바람에 어느덧 유현은 잠에 빠져들었다.

유현이 잠을 깨었을 땐 아홉 시를 넘어 있었다. 샹들리에의 불빛에 눈이 부셨다. 응접탁 앞에서 신문을 읽고 있다가 정숙이 고개를 들었다.

"잘 주무셨어예?"

"잘 잔 것 같군."

"식사하러 아래로 내려가예."

"식사? 식사는 아까 하지 않았나."

"어머니께서 술상을 마련했어예."

어차피 정숙의 계모에게 인사는 해야 할 것이어서 유현은 세면장에 가서 찬물로 얼굴을 씻곤 정숙을 따라 나섰다.

술상은 내실에 차려져 있었다.

어여쁜 아가씨가 대기하고 있었다.

"어머닌 선생님이 아가씨를 좋아하신다며 요정에 있는 예쁜 아가씨를 특별히 초대한 겁니더."

하고 한정숙이 웃었다.

"내가 아가씨를 좋아하는 걸 어머닌 어떻게 아셨을까?"

유현이 장난스럽게 물었다.

"선생님이 쓰신 글에 그런 낌새가 있었던 모양이지예."

하더니 기생들에겐

"서울서 오신 유명한 소설가님이니 잘 대접해야 됩니더."

요리상은 그야말로 진수성찬이었지만 식욕은 없었다. 남의 집 내실에서 기생들과 농담할 수도 없어 권하는 대로 술만 마셨다. 그러면서 하마나 하고 정숙의 계모가 나타날까 하여 긴장을 풀지 않고 있는데 그녀는 좀처럼 나타나지 않았다. 그렇다고 해서 물어볼 수도 없었다. 무작정 기다릴 밖에 없었다. 그러면서도 생각한 것은 '내일 여관비를 굳이 치러야 하는데 이 요리상 값과

술값을 얼마로 치지?' 하는 문제였다. 치사스런 생각이지만 정숙 모녀에게 결단코 폐를 끼치지 않겠다는 작정이었기 때문에 이런 고민을 안 해 볼 수 없었던 것이다.

유현은 지루함을 메우기 위해 기생들에게

"일본인 손님이 많은가?"

"그들의 태도는 어떤가?"

등등을 띄엄띄엄 물었다.

기생 하나의 대답은

"일본인은 약아 빠져 환영할 손님이 못 되예."

했고, 또 하나는

"일본인보다 일본인을 데리고 오는 한국 사람의 심보가 틀려먹은 것 같애예."

하고 분개하기도 했다.

그러나 저러나 멋쩍은 술자리였다.

한정숙은 아까부터 뭣이 바쁜지 들락날락하더니 언젠가부턴 숫제 나타나질 않았다.

그럭저럭 열한 시가 되었을 때 기생들이 통행금지 시간이 가까워 오는데, 하고 바깥의 동정을 보는 눈치였다.

유현이 호주머니에서 십만 원을 꺼냈다.

"이것 팁으론 모자랄지 모르지만."

하고 그 돈을 술상 위에 놓았다.

이때 정숙이 튀어 들어와

"안 되예."

하며 돈을 집어 유현의 호주머니에 넣었다. 유현이 팁은 자기가 내겠다고 버텼지만 소용이 없었다.

"그럼 잘 주무시이소."

하는 인사말을 남기고 기생들은 떠났다.

유현이 자리에서 일어서려고 했으나

"잠깐만."

정숙이 만류했다.

정숙의 계모가 나타날 모양이구나 하고 유현이 그냥 앉아 있었다. 잠깐 방 밖으로 나갔다가 정숙이 돌아왔을 땐 열두 시가 넘어 있었다.

"선생님께 보여드릴 게 있어예."

하며 정숙이 앞장섰다. 유현이 그 뒤를 따랐다.

정숙은 지하실로 내려가고 있었다. 그것은 객실이 있는 건물과 반대쪽으로 난 계단이었다. 층계를 일곱 계단쯤 내려갔을 때 육중한 문이 있었다. 그 육중한 문 저편에 지하실이 나타났는데, 한구석에 있는 아까와 꼭같이 육중한 문을 열고 다시 지하로 내려갔다. 이중 지하실로 되어 있는 것이었다. 5층 건물을 짓기 위해선 이러한 지하실을 필요로 하는 것인가 싶었을 때 정숙의 말이 있었다.

"이 지하실 설계는 어머니가 한 깁니더."

유현은 잠자코 정숙의 뒤를 따르기만 했다. 일곱 계단쯤 내려갔을 때 다시 육중한 문이 있었다. 문을 연 저편에 텅 빈 지하실이 나타났는데 그 한쪽 벽에 큰 금고 같은 것의 핸들이 나전구 불빛에 번쩍했다.

정숙은 핸들을 잡아 금고의 도어를 열었다. 금고 안은 5, 6평방미터쯤의 공간이었다.

그 방안 저편에 차곡차곡 쌓여 있는 것은 스크랩풍의 물체였다.

"저게 죽은 엄마가 선생님의 글을 모아 스크랩해 둔 거지예."

유현은 그 꽤 큰 부피를 보며 살큼 감동했다. 자살할 운명을 가진 여자가 무슨 심정으로 저런 스크랩을 남겼을까 하는 데 따른 센티멘털한 감정이었다.

정숙이 또 말했다.

"어머니, 제 계모는 저것이 분실되거나 불에 탈까봐 모처럼 이중 지하실을 만들어선 저렇게 보관해 둔 거라예."

별 가치도 없는 것을, 하고 말할 뻔하다가 문장 자체의 가치만이 아니라 스크랩을 만든 정성까지 가치가 없다는 말로 될까 봐 얼른 입을 다물었다.

"선생님, 보고 싶으시지 않아예? 어머님이 다한 정성의 흔적을예."

유현이 뚜벅 금고 안으로 걸어 들어가 스크랩 한 권을 들었다.

그 찰나 삐걱 하는 소리와 함께 금고의 문이 움직이는 듯하더니 쾅 하고 닫혀 버렸다.

머리 위 10센티미터쯤의 천정에 30촉 가량의 나전구가 달려져 있어 금고 안은 어둡지 않았다. 금고문을 밀어 보았다. 까딱도 하지 않았다. 그러나 그때까진 공포의 감정이 솟지 않았다. 잘못된 일이었든가 조용히 스크랩을 보고 있으란 뜻일 것으로만 짐작했기 때문이다.

유현이 차근차근 스크랩을 넘겨보았다. 희미한 불빛이지만 글자를 판독할 순 있었으나 그 글에 문제가 있는 것이 아니고 문제는 스크랩이 만들어진 정성에 있었다.

어쩌면 그처럼 정교할 수가 있었을까. 떼어낸 가위질에도 정성이 엿보였고, 풀칠한 정도에도 정성이 엿보였다. 칸과 칸 사이, 장과 장 사이, 그리고 크고 작고 한 조각 조각의 나열과 배합, 간격을 치밀하게 배려한 정성의 흔적이 역력했다.

스크랩 한 권째를 다 보았을 무렵에야 유현의 뇌리에 의혹이 스쳤다.

'혹시 감금된 것이나?'

스크랩을 더미 속에 얹어 두고 유현이 금고문을 두드리며 불렀다.

"미스 한, 미스 한, 미스 한."

세 번을 불렀다.

아무런 반응이 없었다.

다시 한 번 "미스 한" 하고 불러 놓고 귀를 기울였다. 녹음기의 테이프가 돌아가는 것 같은 소리가 어디에서인지 들려왔다.

이윽고 말이 나왔다.

"불러도 소용이 없습니다. 유 선생님은 감금되었어요."

유현이 간이 얼어붙은 듯 몸서리를 쳤다.

겨우 한다는 말이

"납득이 가질 않는데요, 납득이."

테이프 돌아가는 소리가 들리더니

"이 목소리 알아들으시겠죠?"

"이혜숙이 아닌가?"

하고 유현이 소릴 질렀다.

그러나 그 소리엔 아랑곳없이 말은 흘렀다.

"저 이혜숙은 이 순간을 얼마나 고대해 왔는지 모릅니다. 그러나 전 복수를 하려는 게 아닙니다. 선생님께 인생을 가르쳐 드리려는 것뿐입니다. 제가 만든 스크랩을 보셨지요? 그것은 선생님의 문장이 좋아서, 또는 선생님에게 대한 애착으로 만들어진 것이 아닙니다. 성실이 어떤 것이며, 정성이 어떤 것인가를 언젠가 한 번은 선생님께 보여드리기 위해 만들어진 겁니다."

말이 끊어졌다. 테이프 돌아가는 소리만 들렸다. 유현은 일체 입을 다물어 버릴 작정을 했다. 분명히 녹음기를 틀고 있는 것이고 이편의 말이 저편에 들리지 않을지 모르는 일이었다. 설사 말이 들린다고 해도 이처럼 완벽한 계략을 꾸민 상대방이고 보면 아무런 효과가 없을 것이었다.

아무튼 지나친 짓이라는 데 대한 노여움만은 이글거렸다.

다시 시작된 말은—

"도동 낚시터에서 있었던 하룻밤 일로 선생님을 책망하는 건 아닙니다. 그건 제가 자진해서 저지른 일이니까요. P시 신문사로 찾아갔을 때 절 만나 주시질 않은데 대한 원망도 아닙니다. 저는 당시 생사의 기로에 있었고, 보다도 가장 중요한 일을 의논하려고 했던 것이지만 그것도 저의 불찰에 속하는 일로서 선생님을 원망할 건덕지가 없습니다. 이런 지저분한 얘기를 계속 듣고 있기가 지루하실 테니 선생님이 옛날 즐겨 부르시던 노래를 들려 드리겠습니다."

이어, "손목을 잡고 다시 오마던……"

하는 유행가가 흘러나왔다.

단단히 능욕할 참이군, 하고 유현이 혀를 찼다.

노래가 끝나자 이어진 말—

"그러나 전 선생님의 행위에 대해 잠자코 있을 순 없다고 생각했습니다. 세상이 그처럼 호락호락하지 않다는 것을 알려 드려야겠다고 마음을 먹은 겁니다. 한땐 선생님이 치르신 옥고獄苦로서 대사代謝해 줄까도 생각했지만 출옥한 후의 행장은 더욱 저를 격분케 했습니다. 여전히 우유부단하고, 허영심이 많고, 남을 속이고 자기를 속이며 그런데도 진실인 양 가장하는 태도는 고쳐지기는커녕 날로 조장되어만 갔습니다. 전 저의 처녀를 제공하기까지 하여 선생님의 가정에 혁명이 있기를 바랐습니다. 혁명을 못 할 바엔 선생님이 좋아하시던 박희영 선생을 본받아 성

심성의 부인을 계도啓導했어야 옳았던 것입니다. 그런데 선생님은 부인을 탓하기만 하고 플레이보이적 추행을 일삼아 왔으며 지금껏 가정을 지옥처럼 만들고 있다고 하니 말이나 됩니까. 어떤 염치로 박희영 선생님의 부인에게 대한 절조와 사랑을 칭찬할 수 있단 말입니까. 그러나 전 수신교과서적 충고를 하려는 것은 아닙니다. 최저한도의 인간으로서의 품위는 지켜야 할 것이었다 이겁니다."

말투가 비장하게 물들어 갔다.

"도동 낚시터 하룻밤을 두고 양심의 가책은 느끼지 않는다고 하더라도 그 결과에 대한 궁금증쯤은 가져야 하는 것이 인간으로서의 도리가 아니었을까요? 그렇다고 해서 이십수 년간 제가 고생한 것을 보상하라는 뜻이 아닙니다. 전 선생님께 바랄 아무것도 없습니다. 그리고 선생님이 글을 쓰는 분이 아니라면 선생님에게 대한 징벌을 생각해 보지도 않았을 것입니다. 선생님께 대한 징벌은 우리 모녀가 십 년 넘어 걸려 짜낸 계략입니다. 구체적인 계획으로 된 것은 이 여관을 신축할 때입니다. 그 계략을 위해서 이중의 지하실을 마련한 것입니다."

잠깐 침묵이 있다가

"그런데 도중에서 정숙이 선생님을 징벌하는 걸 포기하자고 했습니다. 그 이유는 선생님이 쓰시는 글이 어쨌거나 사회에 보탬이 되는 것이 아닐까 하는 데 있습니다. 그럴 듯한 이유라고 생각했기 때문에 전 선생님의 작품을 샅샅이 검토하기 시작했습니다. 그리고 결론을 내렸습니다. 선생님의 글은 타락일로로만 가고 있을 뿐 좋아질 까닭이 없다는 결론입니다. 불성실한 인간에게서 어찌 훌륭한 문학을 기대할 수 있겠습니까. 이 결론에 동조하여 정숙이 자기 생각을 바꾸게 된 것입니다. 또 알아 두실 것은 이 계략의 지혜를 선생님으로부터 빌렸다는 사실입니다. 선생님이 대학의 강단에 섰을 때 프랑스 문학을 강의하시며 강한 설득력을 갖기 위해선 멋진 상황구성狀況構成을 해야 한다고 갖가지 예를 들었습니다. 그 교훈을 바탕으로 하여 저와 정숙은 오늘과 같은 상황을 구성한 것입니다."

여기서 중단되었다가 다시—

"그런데 유감스러운 것은 이 모처럼의 상황구성이 선생님의 앞날에 도움이 될 수 없다는 사실입니다. 선생님은 이 세상에 계시지 않는 것이 세상을 위해선 물론 선생님 자신을 위해서도 유익하다고 판단했기 때문의 조치인 것입니다. 선생님처럼 펜으로, 입으로, 행동으로 독소를 마구 뿌리는 사람이 없어지면 그만큼 세상이 청결하게 된다고 생각합니다. 그러나 저와 정숙은 세상을 위해 이런 짓을 하는 것은 아닙니다. 목적은 오로지 선생님을 징벌해야 한다는 의지에 있을 뿐입니다. 선생님 각오하세요. 다음 한 가지만 덧붙이겠습니다. 저는 결혼한 적이 없습니다. 정숙일 낳아 사생아로 떳떳이 길렀습니다. 선생님의 소설에서 일본인 여성이 끝내 아이의 아버지를 밝히지 않고 일본 제일의 사생아로 기르겠다고 선언하는 장면이 있습니다만 전 그것을 모방

한 건 아닙니다. 아무튼 정숙이가 선생님께 얘기한 것 모두가 꾸민 얘기라고만 알아주십시오. 우리 모녀는 선생님 못지않게 소설을 꾸밀 줄도 안답니다. 지금 선생님이 들어 계시는 곳의 산소량은 인간의 생명을 일주일쯤 지탱할 수 있을 것입니다. 임종까지 철저하게 참회하셔서 깨끗한 인간으로서 끝낼 수 있는 충분한 시간은 되리라고 믿습니다. 마지막 순간에 베토벤의 음악 가운데 〈운명〉을 보내드리겠습니다. 선생님은 이십수 년 전 강의실에서 베토벤을 좋아한다는 말을 하는 것은 나는 애국자다 하고 선언하는 것처럼 용기를 필요로 한다고 하면서, 그래도 나는 베토벤을 좋아한다고 할 수밖에 없다고 하신 것을 기억하고 계시는지요. 전 베토벤의 〈운명〉이 선생님의 마지막 시간을 장식할 것이라고 믿습니다. 새살이 너무 길었습니다. 아 참, 정숙은 선생님의 딸이란 사실을 알려 드립니다. 「환화」라고 하는 엉뚱한 얘기를 꾸밀 줄 아시면서 자기의 딸을 몰라보는 그 따위 상상력의 빈곤으로 소설가 행세를 하고 있었다는 것이 얼마나 후안무치한 일인가도 반성해 볼 만한 문제일 것입니다. 그럼 안녕히. 인생의 최후를 기다리시길 바랍니다."

나전구의 을씨년한 빛깔로 적막이 가득 찼다. 유현이 고함을 지르지 않은 것은 온몸에서 기운이 빠져나간 허탈상태이기도 했지만, 죽을 때나마 위신을 지켜야겠다는 실오라기 같은 자존심이 있었기 때문이었다.

유현은 이러한 최후를 막연하나마 상상하고 있었다는 스스로를 발견했다. 아내와 한바탕 싸우고 버스 터미널로 나올 때만 해도 아슴푸레 느꼈던 예감— 나는 지금 내 발로 어떤 함정으로 다가서고 있는 것이 아닌가 하는 의식을 가지고 있었던 것이다.

시간은 체관과 광폭한 분노, 양극의 감정 사이로 엮어져 나갔다. 머리로 싸늘한 금속성 벽을 들이받아 끝장을 내고 싶은 충동이 가끔 고개를 쳐들었다. 그러나 그럴 기력이 없었다.

유현의 팔목 시계는 두 시를 가리키고 있었다. 그는 스크랩 더미에 기대 눈을 감았다.

'내가 이대로 실종하여 없어진다면 신문은 어떻게 쓸까.'
하는 상념을 가진 것은 그의 근성이 저널리즘에 젖어 있었기 때문이라고 할 밖에 없다고 느끼자 유현의 얼굴에 쓰디쓴 웃음이 화석化石의 무늬처럼 얼어붙었다.

그는 어느덧 잠에 빠져들었다.

유현이 잠을 깬 것은 푹삭한 침구 속에서였다. 정신을 차리고 두리번거렸다. 방은 어제 오후 정숙의 안내로 들어온 특별실이었다.

일어나서 커튼을 젖혔다. 여름의 태양이 눈부시게 괴어 있는 바다가 펼쳐져 있었다. 심한 갈증을 느꼈다.

응접탁 위에 물병이 있었다. 물병의 물을 반이나 마셨다.

'그렇다면 어젯밤에 있었던 일은 꿈이란 말인가.'

담배에 불을 붙여 물고 어젯밤에 있었던 일을 살펴보는 마음으로 되었다. 금고 속의 스크랩에 기대 눈을 감은 장면에서 모든 기억이 뚝 끊어졌다.

절대로 꿈일 순 없다는 생각과 지금 방에 앉아 있는 현실이 도무지 연결되질 않았다.

전화벨이 울렸다.

유현이 송수화기를 집어 들었다.

"깨셨어예?"

정숙의 목소리였다.

얼김에 대답은 했으나 석연치 않은 의식은 여전했다.

"세수하고 계시이소. 모시러 갈께예."

하고 정숙이 전화를 끊었다.

세수를 하고 옷을 입고 있었다.

남자 종업원이 노크를 하고 들어오더니 모시러 왔다고 했다. 그리고

"어젯밤 선생님 되게 취하셨데요. 지하실에서 5층까지 업고 오느라고 혼났습니다."

하며 웃었다.

유현이 뭐라고 대꾸할 말이 없었다.

술에 취한 것이 아니란 느낌이 들기 시작했다. 술에 취한 정도로 깡그리 의식을 잃을 까닭이 없다. 술에 수면제가 섞여 있었던 것이 분명했다. 유현이 종업원이 안내하는 대로 내실에 들어갔

다. 굳은 표정일 수밖에 없었다.

　정숙이 일어서며

　"선생님 미안해예."

하고 어리광을 부리는 시늉을 했다.

　중년의 여인이 따라 일어서며

　"어젯밤 장난이 좀 심했던가요?"

하고 웃었다.

　얼핏 몰라보게 살이 올라 있었으나 중년의 그 여인은 이혜숙
이었다.

　유현이 굳은 표정을 풀 수도 안 풀 수도 없는 처지가 되었다.

　"선생님 용서하십시오. 어젯밤의 쇼를 준비하느라고 우리 모
녀는 한동안 신이 나 있었답니다."

하는 이혜숙의 말끝은 울먹거리는 소리로 변했다.

* 《문학사상》 1983년 3월

사랑을 말하는 세 가지 소설적 방식

1980년대 초반의 이병주 소설

김종회 문학평론가, 이병주기념사업회 공동대표

1. 1980년대와 이병주 소설

이병주 소설의 역작이라 할 수 있는 대하 장편 『행복어사전』은 1976년 4월부터 1982년 9월까지 《문학사상》에 연재되었고, 나중에 모두 6권 분량의 단행본으로 출간되었다. 이 소설은 우등생의 모범답안을 지향하여 그것으로 세상의 갖가지 생존경쟁에 이기려는 사람들의 한가운데에, 그러한 것을 추구하지 않고도 내면적 충일함으로 삶을 채우려 시도하는 한 젊은이를 그렸다. 신문사의 교열기자에서 작가로 길을 바꾸어 나가는 서재필이라는 이름의 매우 유다른 주인공을 통해서, 우리는 범상한 삶의 배면에 응결되어 있는 여러 형태의 인식을, 예컨대 '가두철학'이라 호명해도 좋을 만한 정신적 성숙의 단계에서 해석하는 세련된 교양을 접하게 된다. 어쩌면 이 경우가 우등생의 삶의 방식을 추종하는 것보다 더 어려운 작업이라 할 수 있을 것이다.

이병주 대하 장편소설의 역작이자 다른 작가가 모방하기 어려운 소설 『바람과 구름과 비碑』는 1979년 2월 12일부터 《조선일보》에 연재되기 시작했고, 이는 1980년 12월 31일까지 모두 1,194회의 연재 기록을 보였다. 이 소설은 나중에 10권 분량의 단행본으로 출간되었으며, 여러 차례에 걸쳐 영화와 TV 드라마로도 제작되었다. 이 소설은 구한말의 내우외환 속에서 중인 신분의 한 야심가가 세상의 경영을 꿈꾸는 대단히 의욕적인 상황을 설정하고, 그를 위한 주도면밀한 계획과 추진 및 그에 관련된 여러 가지 이야기를 다루었다. 일견 무사불능하게 여겨질 만큼 치밀하고 치열한 최천중이라는 인물의 행위 규범들을 통해, 우리는 하나의 세계를 부피 있게 기획하고 이를 극채색으로 치장해 나간 작가의 배포와 기량을 읽을 수 있다.

이 시기에 《영남일보》 등에서 '별과 꽃과의 향연'이란 제목으로 연재되던 장편소설은 나중에 '풍설風雪', '운명의 덫' 등의 이름으로 개제改題 출간된다. 이 소설은 1981년 문음사에서 『풍설』 상·하 2권으로 초판이 나왔고 1987년 문예출판사에서 『운명의 덫』으로 개명 출간되었다. 그리고 2018년 나남에서 다시 같은 제목으로 재출간되었다. 이 소설은 작가 자신의 수감체험을 활용하여 부당한 압제에 대한 인간의 반응을 여실히 그리고 참으로 흥미진진하게 보여준다. 20년간 억울한 옥살이를 한 인물 '남

상두'를 등장시키고 그가 누명을 벗는 과정에 개재介在된 여러 이야기를 이병주가 아니면 가능하지 않은 방식으로 서술해 나간다. 한 지역사회의 소읍 전체가 이 사건과 연관되고, 그 와중에 주 인물과 '김순애'라는 여성과의 만남이 세대를 넘어서는 사랑의 한 전범으로 제시된다.

이 시기 대중 성향의 이병주 장편소설들은 한결같이 재미있고 극적이며 인생에 대한 교훈을 함께 남긴다. 더욱이 출간 당시 뜨거운 대중적 수용을 받았던 작품들이다. 모두 80여 편에 달하는 그의 작품 가운데 이 외에도 『망향』(경미문화사, 1978), 『그들의 향연』(기린원, 1988), 『비창』(문예출판사, 1988), 『지오콘다의 미소』(신기원사, 1985) 등 주목할 만한 소설적 성과가 많다. 그중 『망향』은 『여로의 끝』(창작예술사, 1984)으로 개명 출간되었고 『비창』은 같은 제목으로 재출간(나남, 2017)되었다. 이러한 재출간 현상 역시 여전한 독자 친화력을 말하는 것이기도 하다. 이와 같은 사실을 토대로 이병주 소설 전반에 걸쳐 대중 친화력 확장의 요소와 그 방향에 대해 살펴보는 일은 그 수고에 값할 만하다.

2. 시대를 반영한 뛰어난 작품들

이렇게 소설을 쓰는 동안에도 이병주는 '언관言官'의 언론인

역할을 내려놓지 않았다. 모두 23권에 달하는 그의 에세이들은 그렇게 쓴 글들 그리고 여기저기 청탁을 받아 쓴 글들의 집적을 말해준다. 그는 1973년에 《서울신문》 순회특파원, 1981년 《부산일보》 논설위원 등을 맡아 지속적으로 과거에 '본업'이었던 글을 썼다. 작가로서의 이병주는 생애 중 세 번의 문학상을 받았는데, 1977년 장편소설 『낙엽』과 중편소설 「망명의 늪」으로 한국문학작가상과 한국창작문학상을, 1984년에는 장편소설 『비창』으로 한국펜문학상을 받았다. 1982년에는 단편소설 「삐에로와 국화」가 영화화되어 개봉되었는가 하면, 1985년에는 영남문우회 회장을 역임하는 등 작품 바깥에서 화창한 봄날 같은 소식들이 있었다.

그러나 그것은 더 나중의 일이고, 지나온 역사와 그에 대한 기억 그리고 평가에 대한 이병주의 글쓰기는 영일이 없이 계속되었다. 그는 1980년 6월 《한국문학》에 「세우지 않은 비명碑銘」을, 같은 해 11월 같은 지면에 「8월의 사상」을 발표했다. 1982년 2월 《현대문학》에 「빈영출」을, 1983년 1월 《한국문학》에 「그 테러리스트를 위한 만사輓詞」를, 그리고 같은 해 9월 《현대문학》에 「박사상회」를 발표했다. 이 가운데 「세우지 않은 비명」, 「8월의 사상」, 「그 테러리스트를 위한 만사」는 시대와 사회의 핵심적인 문제에 다가서는 글이지만 「빈영출」과 「박사상회」는 조금 결이 다르다. 이 두 소설은 시대사의 세파世波 속에서 독특한 캐릭터와 함께 부침하는 인물들의 정황을, 매우 해학적이고 통쾌하게 그린 작품이다. 그런 점에서 이병주의 문학 가운데서도 유난히 돋보이는 경우다.

중편 「세우지 않은 비명」은 화자인 '나'와 소설 속에 액자로 매설된 이야기의 화자인 성유정 등 두 인물의 발화로 구성된다. 이를테면 '나'가 성유정의 수기를 소개하는 형식을 갖추고 있는데, 이병주 소설의 오랜 관행에 비추어 보면 '나'나 성유정이 모두 작가의 의도를 대변하는 인물이라 할 수 있다. 비록 액자소설의 모양으로 갖추고 있다 할지라도 그 구분 자체가 별반 의미가 없다는 말이다. 성유정은 학도병으로 끌려가 1년 남짓 중국 양주에 머물렀는데, 작가 자신이 동일한 상황으로 소주에 머물렀던 정도가 소설적 환경의 문제에 있어서 다른 점이다. 성유정의 활동 무대는 그 중국에서 일본으로, 동북아의 한·중·일 세 나라에 함께 작동하고 있다.

「8월의 사상」은 역사적 사건들 속에서 숫자 8을 이끌어 내면서 소설의 담론을 펼쳐 보이는데, 노년에 이른 작가의 일상을 술회하고 있으니 앞선 두 소설에 비하여 시간상으로는 그 파란만장한 체험들의 후일담에 해당한다. 이제는 건망증 증상까지 겹쳐 술을 끊기로 다짐하지만, 그동안 밟아온 다양다기한 인생 편력의 그림자들이 이를 불가능하게 한다. 외형에 있어서는 사소한 푸념일지라도, 그 내면의 실상으로는 일생을 감당한 세월의 무게가 운명처럼 실려 있다는 것이 이 작가의 '8월의 사상'이다. 역사와 운명과 문학, 이들을 한 꿰미로 엮어 각기의 작품으로 가

공한 세 가지 사례가 여기에 있다.

영웅시대 후일담의 돌올한 존재 양식을 말하는 「그 테러리스트를 위한 만사」는, 1965년 데뷔작 「소설·알렉산드리아」 이후 20년 가까이 지속되어온 그의 문학 세계 패턴을 여러모로 함축하고 있다. 이미 독자들에게 익숙한 인물과 사건의 유형, 그리고 이야기의 구조를 반복적으로 드러내는 동시에, 여전히 유의미한 서사적 장치에 실은 소설적 재미와 삶의 경륜을 함께 공여하는 작품이다. 이 소설에는 동정람과 하경산이라는 매우 독특하고 기이한 두 사람의 노인이 등장한다. 일제강점기의 항일 경력을 가졌고 구소련과 중국 대륙을 풍찬노숙으로 횡행한 이력의 소유자이며, 그와 같은 영웅시대의 역사적 행적과 거대 담론의 그림자를 안고 지금은 공덕동 서민촌에서 청빈하고 고고한 기품으로 살아가는, 동시대로서는 품절의 인물들이다.

이야기의 풍미와 문장의 여려麗麗가 빼어난 두 단편 「빈영출」과 「박사상회」는, 이병주의 작품세계를 넘어 우리 문학사에서도 괄목할 만한 성과작이다. 소설이 재미있어야 한다는 것은 동서고금을 막론하고 하나의 불문율에 속하는 사실이지만, 그 오락성이 위주가 되면 고급한 문학적 수준을 담보하기 어렵다는 데 문제가 있다. 그런데 세속 저잣거리의 맛깔나는 이야기를 통해 흥성한 재미와 통렬한 세태 풍자, 수준 있는 해학과 진중한 교훈을 함께 걷어 들인 것이 이 두 소설이다. 이들의 저잣거리에서 우리는 세속적 몰락의 두 경우와 해학을 만날 수 있다. 과히 이병주가 아니면 어려운 경지가 아닐까 한다.

3. 세 가지 유형의 소설적 사랑학

세상살이의 연륜이 이순耳順에 이르고 작가로서의 경력이 스무 해에 도달한 작가 이병주는, 그 문필에 한창 물이 올라 있었다. 앞서 살펴본 작품들이 바로 그 존재 증명에 해당한다. 이 시기에 그가 쓴, 사랑의 서로 다른 유형을 보여주는 세 작품을 비교해 보는 것은 매우 흥미롭다. 중편「거년去年의 곡曲」(월간조선, 1981.11), 중편「우아한 집념」(문학사상, 1983.3), 그리고 단편「아무도 모르는 가을」(1980년대 초로 추정)이 그 면면이다. 이 가운데「거년의 곡」은 죽음을 불러오는 비극적 사랑의 결말을,「아무도 모르는 가을」은 고백조차 못한 사랑의 정처定處를,「우아한 집념」은 희화화된 경쾌한 사랑의 과거사 소환을 형상화한다. 각기 저마다의 의미망을 두르고 있는 이 소설들을 한 자리에서 살펴보기로 한다.

3-1.「거년의 곡」, 현실주의와 이상주의의 거리

이 소설은 197×년 늦은 여름의 어느 날, 청평호에서 발생한 보트 전복사고와 그로 인해 한 젊은 남자가 익사한 이야기가 외형적인 얼개를 이루고 있다. 죽은 남자의 이름은 현실제이고 함께 보트를 타고 있던 젊은 여자는 진옥희다. 두 사람은 S대 법과 대학 4학년 재학 중이며, 현실제는 재학 중에 고등고시 사법과에 합격한 전도양양한 수재다. 진옥희 또한 4년간 수석을 해 온 재원이다. 이 사고가 있기 전에 현실제와 R 재벌의 딸 사이에 혼담이 진행되고 있었으며, 진옥희가 수영에 능하고 현실제는 수영을 모르는 형편이었다는 것이, 이를테면 '형사적 문제'는 안 되더라도 '심리적 문제'가 된다는 유추를 불러온다.

작가는 매우 익숙한 솜씨로, 사건을 담당한 허문수 검사로 하여금 이 문제를 추궁하게 한다. 법률적 지식이 충분한 진옥희는 허 검사의 질문에 필요한 만큼 답변을 하면서도, 자기 내면의 반추를 통해 사고가 난 날의 실제 상황을 재구성해낸다. 현실제와 진옥희 두 사람 사이에, 지금 감옥에 가 있는 이상형이란 인물이 있다. 현실제와 이상형이란 이름만 일별해도, 이 작가가 이들을 어떤 전형적 인물로 내세우려 했는가를 짐작할 수 있다. 동시에 이들이 생산하는 법률적 담론을 통해, 작가는 법에 관한 자신의 견해와 판단을 매우 자유롭게 펼쳐 보인다. 이 여러 구조적 지향점이 톱니바퀴처럼 잘 맞물리면서, 이 소설은 법과 인간에 관한 수준 있는 관찰의 기록이 되고 있다. 한 예로 진옥희가 기말고사 답안으로 쓴 '사형폐지론의 타당성 여부'가 바로 그렇다.

그 무렵부터 이상형과 현실제의 사이에 불꽃 튀는 토론이 가끔 벌어졌다.

이상형이

"특정 계층의 이익에 봉사하는 것이 법률이다. 그런 법률을 부정해야만 사회의 발전이 있다."

고 하면 현실제는

"법률은 통치의 기준이며 사회의 질서이다. 법률 없이 어떻게 민중의 통치가 가능할 것인가. 법률은 특정 계층의 이익에 봉사하는 것이 아니라, 가시덤불을 치우고 지상에 만들어진 탄탄한 대로이다."

하고 맞섰다.

이렇게 해서 토론의 실마리가 되었던 것인데, 진옥희는 그 사이에 끼어 가만 있었을 뿐이었다.

토론이 끝난 뒤 어쩌다 진옥희가 이상형과 단둘이 남게 되면

"현실제란 놈. 영리하기도 하고 좋은 놈인데 그 속물근성엔 딱 질색이란 말야. 철저한 현실주의자, 타협주의자다. 청년이 벌써 저런 모양으로 되어 갖고 장차 어떻게 할 거란 말인가."

하고 개탄하는 이상형의 말을 듣게 되었다.

현실제는 현실제대로 진옥희에게 말했다.

"나를 현실주의자라고 비난하지만 현실을 무시하고 어디에 생활이 있겠어. 현실을 잘 이용할 수 있는 자만이 이상을 운운할 수 있는 거야. 현실을 무시한 이상주의자는 결국 패배할 수밖에 없어. 현실주의자는 법률을 자기 편으로 할 줄 아는 자다."

이상형과 현실제의 토론은 이들만의 특정한 영역 다툼을 말하지 않는다. 법률의 범주를 벗어나더라도 누구나 당착할 수 있는 삶의 궁극적인 본질과 그것을 응대하는 실질적인 태도에 관한 것이기 때문이다. 이 문제의 비중과 심각성을 인식하기에 영국 옥스퍼드나 케임브리지에서는 법과대학생 시기에 법률에 관한 강의를 개설하지 않고 철학 문학 역사 사회학 경제학을 먼저 가르친다는 것이 아닌가. 이 모든 논의의 바탕 위에서 단순히 진옥희가 현실제를 죽였느냐 그렇지 않느냐가 쟁점이 아니라, 법률을 매개로 한 이상주의와 현실주의가 어떤 상관성과 배타성을 갖게 되는가를 탐색하려는 것이다. 진옥희 자신은 스스로, 이상주의자가 되기엔 정열이 모자라고 현실주의자가 되기엔 계산이 부족하다고 진단한다.

'그러나 나와 현실제의 죽음과엔 아무런 관련도 없다. 그는 그가 좋아하고 믿었던 법률이 절대로 보호할 수 없는 인생의 국면이 있다는 것을 스스로 증명하기 위해서 죽은 것이다. 아무리 능숙한 계산의 능력을 가졌더라도 세상은 마음대로 안 된다는 것을 증명하기 위해 죽은 것이다.'

그런데 아들의 시체가 들어 있는 초라한 관棺 앞에 엎드려 몸부림치며 우는 늙은 국민학교 교장의 뒤통수에 헝클어져 있던 머리칼이 눈앞에 선하게 떠오르자 진옥희는 호반의 풀밭에 쓰러져 버렸다. 흘러내리는 눈물을 감당할 수가 없었다.

기실 진옥희와 현실제 사이에는 한 번의 육체관계가 있었다. 현실제의 강압에 의한 것이었으나 진옥희는 개의치 않는다. 그렇다고 디어도어 드라이저의 소설『아메리카의 비극』에서처럼 '부잣집 딸과 결혼하기 위해서 가난한 애인을 호수에서 죽이는 장면' 같은 살의를 가진 것도 아니다. 진옥희는 현실제를 경멸했고 이에 격분한 현실제의 동작으로 보트가 뒤집혔지만, 진옥희 스스로 종내 자신에게 살의가 있었는지 그렇지 않은지를 가늠하지 못한다. 요컨대 그에게는 죄책감이 없는 것이다. 그러나 예문에서 그 아버지의 헝클어진 머리칼은 진옥희의 눈물과 쓰러짐을 초래한다. 여기 법률적 계산보다 더 부드러우나 더 완강한 이병주의 인본주의, 인간중심주의가 숨어 있는 형국이다.

3-2. 「아무도 모르는 가을」, 인습의 멍에와 폐절의 사랑

이 소설은 제도의 관습을 넘어서지 못하고 좌절한 슬픈 사랑의 이야기다. 남자의 이름은 윤효준, 여자의 이름은 윤효숙이다. 이들은 삼종 간, 곧 8촌 간이다. 이 두 사람을 관찰하고 사건을 설명하는 화자 '나'는 윤효준의 친구이며, 윤효숙은 '나'에게 '연애를 하기도 전에 실연한 것 같은 야릇한 감정의 존재'를 알게 해준 여자다. 윤효숙의 꿈은 윤효준을 통해 '나'에게 전달되는데 여의사에서 무정부주의자로 그리고 좌익운동가로 순차적인 변화를 보인다. 그 윤효숙은 자살인지 자연사인지 모르게 1948년에 죽었고 윤효준은 1955년에 그 무덤 앞에 비석을 세웠다. 그

비석의 문면은 다음과 같다.

세상에 악이 있다는 것을 모르고 청결하게 살다가 간 처녀에게
저승에서의 행복 있으라.

- 1955년 10월 10일.

효숙으로부터 한량없는 은혜를 입은 삼종 오빠 윤효준 세움.

비석에 새겨진, 윤효숙이 죽은 날짜는 윤효준이 결혼식을 올
린 사흘 뒤였다. 사정이 그러하니 이를 자연사라 볼 수 있을까.
세월이 바뀌어서 2005년 3월 민법이 개정되면서 8촌 이내의 혈
족만 아니면 혼인신고가 가능하게 되었다. 그러나 그 이전에는
그것이 불가능했고, 이는 결혼 당사자가 양가의 막강한 반대에
부딪치는 힘겨운 일이었다. 8촌 오빠 윤효준을 사랑하는 효숙
은, 그야말로 사랑한다는 말 한마디 꺼내지도 못하고 일생을 아
픔과 슬픔 속에 살다가 세상 너머로 이울어 간 운명이다. 윤효준
또한 동생의 마음을 몰랐을 리 없었을 터이며, 그 또한 아무 말
도 입 밖으로 꺼내지 못하고 끝내 유명幽明을 달리했다.

드높고 맑은 가을 하늘!
효준이 정성 들여 심고 가꾼 나무들이 얘기를 시작하려는 참인
지 몰랐다.
나는 내 생각을 쫓기 시작했다.

186

직접 내가 들은 것은 아니지만

"왜 내가 무정부주의자가 되려고 하는지 오빠 정말 모르겠어요?"

"왜 내가 좌익운동을 하는지 오빠 정말 모르겠어요?"

하고 울부짖는 윤효숙의 소리가 귓전을 울리기라도 하는 것 같았다.

그러던 윤효숙이 돌연 좌익운동과 손을 끊게 된 것은 혹시 그때 윤효준의 혼담이 본격적으로 진행되고 있었기 때문이 아니었을까.

'윤효준의 결혼식이 있은 지 3일 후에 목숨을 끊었다는 것은?'

윤효숙이 의학을 배울 작정을 한 것은 《소도의 봄》을 읽고 감격한 탓만은 아니지 않을까.

윤효숙이 무정부주의에 혹한 것은 베라 피그네르의 자극으로서였겠지만, 그런 사회가 되어야만 꿈이 꿈으로 되지 않을 수 있겠다는 막연한 기대나마 있었기 때문이 아니었을까.

좌익운동을 한동안 했다는 것도 막연한 바람으로 인한 착각 때문이 아니었을까.

효숙의 그 모든 마음의 움직임을 알면서도 입 밖에 내어 처리하길 두려워 고민한 윤효준이 아니었을까.

이 예문은 윤효숙이 그 마음의 동향動向을 직접적으로 토설吐說하지 못하고 빗대어서 윤효준에게 호소하는 정황을 그린 것이다. 여의사 지망생이 무정부주의자로, 좌익운동가로 변신하는 그 바탕에는 오로지 오빠를 향한 직접적인 지향성의 새로운 표현이 담겨 있었다. 설령 윤효준이 그 심정의 중심을 알고 있었다 하더라도, 이를 나타내거나 윤효숙을 받아주거나 할 형편이 되지 못했다. 그러한 시대적 환경에 이들이 살고 있었던 터이다. 관찰자 '나'는 이 두 사람을 위해서가 아니라, '아무도 모르는 가을'을 위해 눈물을 흘린다. 꼭 두 사람의 이야기만이 아니라, 우리의 삶에 개입하는 불가항력적 운명의 이름을 그렇게 부른 것이 아니고 무엇일까.

3-3. 「우아한 집념」 세속을 넘는 결곡한 사랑의 힘

이 소설은 밝고 경쾌하고 재미있다. 마치 한 편의 우화偶話를 읽은 것처럼 후감이 개운하다. 이 소설에 등장하는, 유현이라는 이름 있는 소설가 때문이 아니다. 그는 비록 작가로서의 위의威儀를 지키는 인물로 보이지만 한편으로는 세속적인 속물근성을 벗어나지 못했고, 가정을 잘 건사하지도 못한다. 소설의 독자를 쾌청하고 후련한 느낌으로 인도하는 것은, 20여 년 전 유현이 생명의 씨를 뿌리고 그 경과를 알지 못하는 이혜숙과 한정숙 모녀 때문이다. 한정숙이 처음 유현을 만났을 때 사실을 숨겼으므로 짐작하기 어려울 수밖에 없었다. 그러나 이 모녀가 이십 년 세월을 건너뛰어서 유현을 만날 준비를 한 그 과정은 놀랍고도 감동적이다.

유현은 전번 한정숙이 「환화」를 읽었다고 얘기한 기억을 했다. 혹시 한정숙은 「환화」에서 무슨 힌트를 얻고 있는 것이 아닐까 했다.

그렇다면 약간 곤란하다는 생각이 들었다. 「환화」를 만든 이른바 핵경험核經驗이라고 할 수 있는 것은 이혜숙이가 아니고 해인사에서 만난 Y라는 여자인 것이다. 그때 나타난 딸이란 것은 전연 허구에 속하는 것이고….

이런 생각을 쫓고 있다가 유현이 돌연 '혹시?' 하는 마음이 들었다.

"나이가 몇이라고 했지?"

"스물두 살입니다."

스물두 살이라면 괜한 추측을 해 볼 까닭도 없었다. 유현이 이혜숙을 보지 않게 된 지는 25년 전인 것이다.

유현은 한정숙을 보고 자신이 쓴 소설 「환화」를 떠올린다. 그 소설은 이혜숙이 아니라 해인사에서 만난 Y라는 여자를 '핵경험'으로 한 것이고 거기 나오는 딸은 전연 허구에 속하는 것이다. 그러므로 「환화」의 창작 동기와 이혜숙·한정숙 모녀와의 상관성은 거리가 먼 터이지만, 그 행위 유형과 사건 모형의 유사성은 이 소설을 한층 탄력 있게 만드는 요인이다. 유현은 이혜숙을 마지막 만났을 때가 25년 전이고 한정숙이 말한 나이가 22세이니, 자기와 관계가 없을 것으로 안도安堵한다. 그러나 작가는 이 대목에 관하여 아무런 설명도 없이 한정숙을 유현의 딸로 확정해 버린다. 미상불 중요한 초점은 그처럼 지엽적인 데 있지 않은 까닭에서다.

"저 이혜숙은 이 순간을 얼마나 고대해 왔는지 모릅니다. 그러나 전 복수를 하려는 게 아닙니다. 선생님께 인생을 가르쳐 드리려는 것뿐입니다. 제가 만든 스크랩을 보셨지요? 그것은 선생님의 문장이 좋아서, 또는 선생님에게 대한 애착으로 만들어진 것이 아닙니다. 성실이 어떤 것이며, 정성이 어떤 것인가를 언젠가 한 번은 선생님께 보여드리기 위해 만들어진 겁니다."

말이 끊어졌다. 테이프 돌아가는 소리만 들렸다. 유현은 일체 입을 다물어 버릴 작정을 했다. 분명히 녹음기를 틀고 있는 것이고 이편의 말이 저편에 들리지 않을지 모르는 일이었다. 설사 말이 들린다고 해도 이처럼 완벽한 계략을 꾸민 상대방이고 보면 아무런 효과가 없을 것이었다.

한정숙이 말한, 자신에 대한 스크랩을 보기 위해 마산으로 간 유현은, 그 집 지하실에 갇혀버린다. 스크랩북을 보며 그 정성과 정교함에 놀란 다음이다. 그리고 녹음된 이혜숙의 목소리가 들린다. '지나친 짓'이라는 데 대한 노여움이 일었으나, 녹음은 유현 자신이 거기서 죽을 것이라고 알려준다. 수면제에 취해 잠들었다가, 유현이 깬 것은 '푹삭한' 침구 속에서다. 그리고 사뭇 감성적인 상황으로 자신의 딸과 그 어미를 만나게 된다. 일반적인 도덕률에 비추어 보면, 상식의 범주를 벗어난 이야기 구성이다. 그러나 소설적 담론으로 이를 축조했을 때, 그리고 작가의 감옥 체험 등 실제 경험을 여기에 더했을 때, 독자는 흥미진진하고 잘 짜인 한 편의 소설을 만나게 되는 것이다.

4. 열정적·운명론적 사랑의 정체

이제까지 살펴본 세 편의 소설은 모두 강고強固하고 열정적인 사랑을 주제로 하고 있다. 그것도 절체절명의 환경 가운데서, 자기 방식의 사랑을 지키기 위해 어떤 생각과 행위를 구현하는가를 말한다. 이 세 소설은 그에 대한 각기 다른 방식의 사랑과 그 형식을 매우 재미있고 상징성 넘치는 이야기로 보여준다. 그런가 하면 이 소설들을 비교해 볼 때, 「거년의 곡」에서는 법률적인 문제와의 조합을, 「아무도 모르는 가을」에서는 시대사적인 환경 속의 개인사를, 그리고 「우아한 집념」에서는 작가정신의 근본에 대한 문제 제기를 모티프로 하고 있다. 작가 이병주는 1980년대 초반의 이와 같은 소설들을 통해, 우리 삶의 가장 깊은 기저에 잠복해 있는 사랑의 운명론적 정체를 소설의 문면文面 위로 부양浮揚하려 한 것이다.

40대 초반 중년의 나이에 문단에 얼굴을 내민 이병주는, 그로부터 20여 년을 주로 역사 소재의 장편소설을 썼다. 그가 체험한 일제강점기와 해방공간, 6·25전쟁, 전후戰後의 사회상과 정치·사회적 체제 등 시대사적 굴곡이 고봉준령高峰峻嶺처럼 또는 장강대하長江大河처럼 그의 눈앞에 펼쳐져 있었던 셈이다. 그러므로 그의 소설은 자연히 자신의 실제적 체험을 바탕으로 역사 해석의 빛깔을 띨 수밖에 없었다. 그러나 그의 60대 곧 1980년대로 넘어서면, 당대 사회도 안정 국면으로 접어들고 그 자신도 작가로서의 역할에 익숙해졌으며 세상을 보다 유연하고 폭넓게 바라보는 시각을 얻게 되었다. 1980년대 초반 그의 소설들, 인본주의자의 눈으로 세상살이의 새로운 지혜와 남녀 간 사랑의 다양다기한 모습을 그려내는 작품들은, 그러한 변화의 양상과 긴밀하게 연관되어 있다 할 것이다.

1921	3월 16일 경남 하동군 북천면에서 아버지 이세식과 어머니 김수조 사이에서 태어남.
1933	양보공립보통학교 13회 졸업.
1940	진주공립농업학교 27회 졸업.
1943	일본 메이지대학 전문부 문예과 졸업.
1944	와세다대학 불문과에 재학 중 학병으로 동원되어 중국 쑤저우蘇州에서 지냄.
1948	진주농과대학과 해인대학(현 경남대학)에서 영어, 불어, 철학을 강의.
1954	문단에 등단하기 전《부산일보》에 소설『내일 없는 그날』연재.
1955	《국제신보》에 입사, 편집국장 및 주필로 언론계에서 활동.
1961	5·16 때 필화사건으로 혁명재판소에서 10년 선고를 받고 복역 중 2년 7개월 후에 출감. 외국어대학, 이화여자대학 강사를 역임.
1965	중편「소설·알렉산드리아」를《세대》에 발표함으로써 문단에 등단.
1966	「매화나무의 인과」를《신동아》에 발표.

1968	「마술사」를 《현대문학》에 발표. 『관부연락선』을 《월간중앙》에 연재(1968. 4.~1970. 3.) 작품집 『마술사』(아폴로사) 간행.
1969	「줠부채」를 《세대》에, 「배신의 강」을 《부산일보》에 발표.
1970	『망향』을 《새농민》에 연재, 장편 『여인의 백야』(문음사) 간행.
1971	「패자의 관」(《정경연구》) 등 중단편을 발표하는 한편, 『화원의 사상』을 《국제신보》, 『언제나 은하를』을 《주간여성》에 연재.
1972	단편 「변명」을 《문학사상》에, 중편 「예냥풍물지」를 《세대》에, 「목격자」를 《신동아》에 발표. 장편 『지리산』을 《세대》에 연재. 장편 『관부연락선』(신구문화사) 간행. 영문판 「예냥풍물지」, 장편 『망각의 화원』 간행.
1973	수필집 『백지의 유혹』(강남출판사) 간행.
1974	중편 「겨울밤」을 《문학사상》에, 「낙엽」을 《한국문학》에 발표. 작품집 『예냥풍물지』 영문판(세대사) 간행.
1976	중편 「여사록」을 《현대문학》에, 단편 「철학적 살인」과 중편 「망명의 늪」을 《한국문학》에 발표. 창작집 『철학적 살인』(한국문학), 『망명의 늪』(서음출판사) 간행.
1977	중편 「낙엽」과 「망명의 늪」으로 한국문학작가상과 한국창작문학상 수상. 창작집 『뻬에로와 국화』(일신서적공사), 수필집 『성-그 빛과 그늘』(서울물결사), 『바람과 구름과

비』(동아일보사) 간행.

1978 중편 「계절은 그때 끝났다」, 단편 「추풍사」를 《한국문학》
에 발표. 『바람과 구름과 비』를 《조선일보》에 연재, 창작
집 『낙엽』(태창문화사) 간행, 장편 『망향』(경미문화사), 『허
상과 장미』(범우사), 《조선일보》에 연재되었던 『미와 진실
의 그림자』(대광출판사), 『바람과 구름과 비』(물결출판사)
간행. 수필집 『사랑받는 이브의 초상』(문학예술사), 『허상
과 장미』(범우사), 칼럼 『1979년』(세운문화사) 간행.

1979 장편 『황백의 문』을 《신동아》에 연재, 장편 『여인의 백야』
(문음사), 『배신의 강』(범우사), 『허망과 진실』(기린원) 간
행, 수필집 『사랑을 위한 독백』(회현사), 『바람소리, 발소
리, 목소리』(한진출판사) 간행.

1980 중편 「세우지 않은 비명」, 단편 「8월의 사상」을 《한국문
학》에 발표. 작품집 『서울의 천국』(태창문화사), 소설 『코
스모스 시첩』(어문각), 『행복어 사전』(문학사상사) 간행.

1981 단편 「피려다 만 꽃」을 《소설문학》에, 중편 「거년의 곡」을
《월간조선》에, 중편 「허망의 정열」을 《한국문학》에 발표.
장편 『풍설』(문음사), 『서울 버마재비』(집현전), 『당신의 성
좌』(주우) 간행.

1982 단편 「빈영출」을 《현대문학》에 발표. 『그해 5월』을 《신동
아》에 연재. 작품집 『허망의 정열』(문예출판사), 장편 『무
지개 연구』(두레출판사), 『미완의 극』(소설문학사), 《공산

주의의 허상과 실상』(신기원사), 수필집 『나 모두 용서하리라』(대덕인쇄사), 『용서합시다』(집현전), 소설 『역성의 풍·화산의 월』(신기원사), 『행복어 사전』(문학사상사), 『현대를 살기 위한 사색』(정음사), 『강변 이야기』(국문) 간행.

1983   중편 「그 테러리스트를 위한 만사」를 《한국문학》에, 「소설 이용구」와 「우아한 집념」을 《문학사상》에, 「박사상회」를 《현대문학》에 발표. 작품집 『그 테러리스트를 위한 만사』(홍성사), 고백록 『자아와 세계의 만남』(기린원), 『황백의 문』(동아일보사) 간행.

1984   장편 『비창』을 문예출판사에서 간행. 한국 펜문학상 수상. 장편 『그해 5월』(기린원), 『황혼』(기린원), 『여로의 끝』(창작문예사) 간행. 《주간조선》에 연재되었던 역사기행 『길 따라 발 따라』(행림출판사), 번역집 『불모지대』(신원문화사) 간행.

1985   장편 『니르바나의 꽃』을 《문학사상》에 연재. 장편 『강물이 내 가슴을 쳐도』와 『꽃의 이름을 물었더니』, 『무지개 사냥』(심지출판사), 『샘』(청한), 수필집 『생각을 가다듬고』(정암), 『지리산』(기린원), 『지오콘다의 미소』(신기원사), 『청사에 얽힌 홍사』(원음사), 『악녀를 위하여』(창작예술사), 『산하』(동아일보사), 『무지개 사냥』(문지사) 간행.

1986   「그들의 향연」과 「산무덤」을 《한국문학》에, 「어느 익일」을 《동서문학》에 발표. 『사상의 빛과 그늘』(신기원사) 간행.

1987 장편『소설 일본제국』(문학생활사),『운명의 덫』(문예출판사),『니르바나의 꽃』(행림출판사),『남과 여—에로스 문화사』(원음사),『남로당』(청계),『소설 장자』(문학사상사),『박사상회』(이조출판사),『허와 실의 인간학』(중앙문화사) 간행.

1988 『유성의 부』(서당) 간행, 대하소설『그해 5월』을 《신동아》에, 역사소설『허균』을 《사담》에,『그를 버린 여인』을 《매일경제신문》에, 문화적 자서전『잃어버린 시간을 위한 메모』를 《문학정신》에 연재,『행복한 이브의 초상』(원음사),『산을 생각한다』(서당),『황금의 탑』(기린원) 간행.

1989 《민족과 문학》에『별이 차가운 밤이면』연재. 장편『소설 허균』,『포은 정몽주』,『유성의 부』(서당), 장편『내일 없는 그날』(문이당) 간행.

1990 장편『그를 버린 여인』(서당) 간행,『꽃이 된 여인의 그늘에서』(서당),『그대를 위한 종소리』(서당) 간행.

1991 인물평전『대통령들의 초상』(서당),『달빛 서울』(민족과 문학사) 간행,『삼국지』(금호서관) 간행.

1992 『세우지 않은 비명』(서당) 간행. 4월 3일 오후 4시 지병으로 타계. 향년 72세.

1993 『소설 정도전』(큰산),『타인의 숲』(지성과 사상) 간행.

우아한 집념執念

초판 1쇄 인쇄 _ 2023년 10월 15일
초판 1쇄 발행 _ 2023년 10월 20일

지은이 _ 이병주

펴낸곳 _ 바이북스
펴낸이 _ 윤옥초
책임 편집 _ 김태윤
책임 디자인 _ 이민영

ISBN _ 979-11-5877-358-8 03810

등록 _ 2005. 7. 12 | 제 313-2005-000148호

서울시 영등포구 선유로49길 23 아이에스비즈타워2차 1005호
편집 02)333-0812 | **마케팅** 02)333-9918 | **팩스** 02)333-9960
이메일 bybooks85@gmail.com
블로그 https://blog.naver.com/bybooks85

책값은 뒤표지에 있습니다.

책으로 아름다운 세상을 만듭니다. — 바이북스

미래를 함께 꿈꿀 작가님의 참신한 아이디어나 원고를 기다립니다.
이메일로 접수한 원고는 검토 후 연락드리겠습니다.